吴运铎书信集

赵长安 主编

中国工人出版社

图书在版编目（CIP）数据

吴运铎书信集 / 赵长安主编 . —北京 : 中国工人出版社 , 2021.12
ISBN 978-7-5008-7769-1

Ⅰ . ①吴…　Ⅱ . ①赵…　Ⅲ . ①书信集—中国—当代
Ⅳ . ① I267.5

中国版本图书馆 CIP 数据核字（2021）第 236158 号

吴运铎书信集

出 版 人	王娇萍
责任编辑	宋　杨　严　春
责任印制	栾征宇
出版发行	中国工人出版社
地　　址	北京市东城区鼓楼外大街45号　邮编：100120
网　　址	http://www.wp-china.com
电　　话	（010）62005043（总编室）
	（010）62005039（印制管理中心）
	（010）62379038（社科文艺分社）
发行热线	（010）82029051　62383056
经　　销	各地书店
印　　刷	三河市东方印刷有限公司
开　　本	880毫米×1230毫米　1/32
印　　张	5.5
字　　数	109千字
版　　次	2022年2月第1版　2022年2月第1次印刷
定　　价	48.00元

前　言

吴运铎，“中国的保尔·柯察金”，中国兵工事业的开拓者，全国劳动模范。

在他传奇的一生中，最为人所熟知的是他的三次负伤：第一次，发动机的摇柄突然掉下来，砸坏了他的左脚，由于战时工作所需，错过了治疗的时机，导致伤口恶化，只能挖去腐烂的肌肉，在踝骨处留下月牙形的大洞；第二次，在修复前方急需的旧炮弹时，手中的雷管突然爆炸，他的左手从此失掉了四根手指，左腿膝盖被炸开，左眼几乎失明；第三次，还是在工作中，哑火的炮弹突然爆炸，炸断了他的左手腕，炸掉了他一半的脚趾，右腿膝盖的下半部分也被炸翻。这一次，他还失去了一位与他共事的战友。然而，吴运铎最终创造了生命的奇迹，他奇迹般地活了下来，成为新中国第一代兵工生产专家。而他那句“把一切献给党”的宣言更是穿越时空，使“吴运铎”三个字激励了一代又一代人。在公众的认知中，他就是一位无法战胜的钢铁勇士。

如今的这本小书，是吴运铎自1951年起到1989年左右写的83封书信。除去20余封书信外，大部分写于他的晚年时光。吴运铎于1991年5月2日与世长辞，享年74岁。也就是说，部分书信是对他人生最后岁月的记录。在这些书信里，除了大家熟悉的英雄身份，他回归了父亲、伯伯、战友、师长、挚友等人生角色，古道热肠地关切着大家的生活、工作，并尽自己所能地伸出援手。值得一提的是，写下这些真诚的文字的吴运铎，除了战争时期留下的伤残。后来的岁月也不断地给他增加新的疾病。然而，即便如此，书信的主人仍在生活面前保持了应有的乐观与体面：他积极地开导沮丧的后辈；他热心张罗着图书馆图书的募集工作……仿佛时代对他的残酷与不公，只是一个遥远的背景。1971年3月13日，在给他的勤务兵景湖的一封回信中，他曾写道："问你一家人好。何时来京，希能来家一叙？你婶陆平尚在河南罗山干校，孩子们早已去各省工作，家中就我一人。"我们也只能在这样的只言片语中，才能看到他偶尔流露出的属于平常人的孤独与脆弱。手部疼痛与哮喘是困扰他的两个痼疾。当他面对最亲近的人时，他反复谈论着用药与治疗。使我们能真切地感受到这个英雄般的人物，也是一个实实在在的血肉之躯。这些朴实无华的文字告诉我们，英雄不是一个僵化的符号，光辉的背后仍是一个平凡人经历的悲喜人生。只有看到这一点，才能理解到他在信中常有的貌似刻板的带有时代烙印的表达，是来自一个人多么真挚的信仰。他推崇奉献，追求崇高生活，歌颂劳动。纵然深受病痛困扰，仍保持了一种极为严苛的自律。他不仅是大家的英雄，也是自己的英雄。1954年，在一封写给平定师范的同学们的信中，他说："只有劳动才能带给我美好的幸福。"正是这种掷地有声的表达，打破了时空，向我们传递了不朽的精神力量。

本书成稿历经了为时一年的书信征集活动，因信件年代久远，过程异常曲折。最终得益于本书主编赵长安老师的鼎力相助，书中收集的大部分信件都是他数十年来对吴运铎研究的成果。值得一提的是，在今年的父亲节，我们意外地收到两封应征而来的家书，捐赠者是吴老的儿媳秦丽华老师。在信中，一位父亲絮絮叨叨地讨论着生活工作的近况，抱怨着自己的健康。挂心子女生活的吴运铎就像我们熟悉的每一位亲切的爸爸一样。

书中每一封珍贵的书信，向我们展示的都是一位谦和热心，又坦诚固执的长者。基于如上原因，我们很荣幸成为吴运铎书信集的责编，为大家去呈现一位英雄温情的各种侧面……

宋 杨

2021年12月13日夜

小勋、丽华：

十八日的来信收到，祝你们好。

家人均好，勿念。只是三个月来实忙煞人了。从四月份开始，除会议和星期日外，应北京市机关、学校和工厂邀请，我是一天做一个报告。江西萍乡团市委住在北京催稿，写了一份九千二百字的稿，还有天津、成都来京约稿的。我是白天做报告，夜半起床写稿。年老病多，真够呛。

为了一新产品的设计，我明天下午起要去沈阳开会，准备于廿五日回京。回京后，打算去南口一机部菜园休养，也借此躲起来写书。

花盆不要再买了，我知博山瓷

厂出产一种素色的磁花盆，盆
外也无装饰花纹的，特别是要
买两支深高型的，如图，如果没
有则作罢。
问丽华父母好。你妈附笔
问好。

爸爸
六月廿日

你们的喜事要就简，以节省为主。需要购置的东西，当然是必要的。若钱不够，婚后亦可逐渐添置。

请代我和你妈，祝丽华一家幸福健康。

今年北京气候反常，长期干旱无雨无雪，乍寒乍暖，闹感冒的人们跑医院成了一窝蜂。你们来时，把棉衣大衣都带上，最好让丽华的爸爸给你们些预防感冒的药物。

家里一切甚好。毛孩今天回家来了，她快要上班了，看来她们一家三口还得等孩子稍大点还要搬回来。小涛毕业了，现正在等待分配。

祝

冬安

爸爸

二月一日

目　录

致庞家驹

一九五一年十一月二日

庞家驹同志：

刚接到你的来信，感到很高兴，首先也谢谢你们对我的关怀和鼓舞，更感激人民给了我这“中国的保尔·柯察金”的光荣称号，而这些都是由于党长期教育而得来的，我衷心地感激我们伟大领袖毛主席及同志们的不断帮助。想到保尔，我总感到自己做得太少，今后我当更百倍努力地为了祖国，为了持久和平而献出自己的一切。让我们紧密地携起手来，团结在光荣的毛泽东旗帜下奋发前进。

送上照片一张，也盼你能送我一张。

明晚我要起程返汉（即武汉），今后盼多给我写信，我的通信处是汉口清芬路66号，交我即可。

致以革命敬礼

吴运铎

1951年11月2日于首都

[附注]

1951 年 10 月 11 日，吴运铎同志应全国总工会之邀，作了 3 个小时的报告。庞家驹同志作为全总机关团委负责人听了报告，很受感动，并拜见了吴运铎同志。

11 月 1 日，庞家驹同志借吴运铎参加全国政协会议之机，写信给吴运铎，并期盼他回信，送一张照片留作纪念。次日，吴运铎同志就给他寄来了这封信和照片。

3

一九五二年五月一日

家驹同志：

给我的来信，今天下午已由汉口转来北京，首先是祝你在这次“三反”战斗中获得了大的胜利，我为你感到高兴，更为你在思想斗争上获得的胜利而感到欣荣。

伟大的“三反”运动以来，我们都获得了一次深刻教育，思想上做了一次清洗，划清资产阶级的敌对思想。全国人民也在这次运动中建立了新的道德，我想你检举了你自己父亲这正是新道德的具体表现。

盼你检查一下，这次运动中的收获，联系着你的鉴定中优缺点加以发扬和改造，我想这样对你是会有更大帮助的，对吗？

我于二十八日由汉口调至北京辅仁大学一院俄专留苏预备部学习，也许在今年底去苏联学习。你有空盼常来信，只是目前因我缺课太多，正紧张地赶功课。中南局出版的《钢铁是怎样炼成的》小册子，不知何处购到，因我还没见到，希来信告我。

许多同志要求我写出自己的事迹，只是时间太苛刻，且我对于写文章又是门外汉，一时间确感到难①。好吧，再谈，给我回信。

紧握你的手

吴运铎

1952年5月1日于辅仁

① 原信如此，意思是顿时感到很难着手。

致王炯

一九五八年四月十六日

王炯同志：

你的来信已由《中国青年报》转来。对你提出的问题回答如下。由于我知道得不多，这里只谈一下我对这问题的体会，仅供你参考。

个人主义是万恶之源。任何人只要沾染了个人主义，他就会把世上一切丑恶招来。资产阶级的个人主义的特点是：一切都从个人名利出发，从不为人民的利益着想。个人主义者的处世哲学是“人不为己，天诛地灭”。他们把“自私自利”当作生活的准则，并全心全意为个人名利服务。

你谈到某些人总是丢不掉个人主义，这是由于他对个人主义这敌人恨得不够，总是不能和它一刀两断。他没有感到个人主义在我们的时代里是最大的耻辱，甚至有时还以为自己占了点便宜，反以为荣。有些青年人，谈到个人主义时往往也感到痛恨，但并没有从思想上认识到它的危害性。因此，一时冲动过后，遇到个人主义的引诱时，就不能把它打退。

资产阶级的个人主义是有很深的根的。要彻底清除它，光依靠发誓赌咒不行，要在任何时候都不停息地开展自我斗争。而斗争的动力来源于把一切献给党的崇高的生活目的。

我是从那罪恶的旧社会里过来的，当然也或多或少地沾染上个人主义。但由于党的教导，由于对个人主义的深痛，我不断开展自我革命来消除它，直到现在我仍是这样在战斗着。

握手！

吴运铎

1958 年 4 月 16 日

[**附注**]

王炯同志是交通大学的一名学生。

致景湖

一九六〇年九月二日

景湖：

给我的信已经收到，勿念。

我在本月前已由大连回到了北京，这次去大连治病，由于市委的关怀，动员了旅大市的中西医治疗。经三个月治疗后，但手仍是疼痛不止，由于治疗失效，也只好返回北京。

到北京后，次日立即开始治疗，一是在中医研究院做针灸和按摩治疗，半个月来，仍是无效。另是去解放军总医院治疗，过几天准备住院。关于是否要动手术，以及效果怎样，只好以后再告。这次治疗后，不管是否能治好，我也打算去工作了。几年来，我长期的不工作，愧甚。

上星期里我应天津市委的邀请，曾去天津四天，主要是针对在当前经济生活困难中（有人）经不起考验而去投机倒把，搞黑市和违法乱纪，我去作了一次怎样战胜当前困难的报告。不久，《支部生活》杂志将要登载我的这次报告。

我们一切都好。你婶还是那样的忙，孩子们都离家去上学了，五个孩子住校，外婆已回老家去了，家里只剩一个保姆看门，也感到冷清。

景润昨天来看过我，他也很好，请勿惦念。很久没接到你父母的来信了，据昨天景润告诉我，说你母亲身体不好，已去疗养院休养了，也不知她近来身体是不是好一些，很是惦记。

你近来工作、学习都好吗？你是从小在革命斗争里长大的，时刻都要记住过去的艰苦斗争，在工作中要做群众的表率，要艰苦奋斗，以身作则，更要听党的话，加强学习，不断提高思想，奋勇前进。

向你爱人问好，匆此，谨致礼。

吴运铎

1960年9月2日

[附注]

景湖，即宋景湖同志。他的父亲曾是皖南新四军修械所的司务长。吴运铎当时是修械所的钳工。

“皖南事变”以后，新四军向北转移，宋景湖同志跟随父母到了苏北盐城。其后，他参加了工作，给兵工一厂长当勤务员。此后，又当吴运铎的勤务员。

一九七一年三月十三日

景湖同志：

昨日从蔚县五七干校回京，见到了你的来信。几年来，你给我来过很多信，衷心地感谢你对我的关怀。

每次接到你的信，总使我回想起那1941年的艰苦年代。那是（时）我们在苏北建立兵工的斗争年代。关于你和你父母，我总是念念不忘的。

几年来，我是很少写信的。关于我，你们也许听到一些情况。这几年即使我父母兄弟也是不通信的。我只怕因为我而为别人带来不必要的烦恼。很久不给你回信，希望你原谅。

我已回北京，何时分配工作，尚不得知。很是想念你的父亲和母亲。衷心的（地）祝愿他们身体健康。

若你给你父母通信，请把这信转寄给你父母一看。也希望能见到他们的信。

问你们一家人好。何时来京，希能来家一叙。

你婶陆平尚在河南罗山干校，孩子们早已去各省工作。家中尽（就）我一人。

盼来信。

吴运铎

1971 年 3 月 13 日

11

一九七二年九月十九日

景湖同志：

给我的信，已由北京转来青岛，自去冬由蔚县回京后，一方面忙于学习林贼反党叛国文件，另一方面忙于两条路线的斗争，且因无甚大事可告，也就懒于写信，乞谅。

我因年老气喘病，逐年加剧。为了治病和休养，我于 8 月初来到了青岛。

到青岛后，居在济南军区第一疗养院。入院后，进行了一系列的检查，除老年气喘并引起轻微肺气肿外，尚无其他病害。

这个疗养院系军队系统的，领导以及医生护士们，对我非常关心照顾。入院以来，气喘已趋渐减轻，咳嗽也少得多了。我打算到 10 月中旬出院回北京。

家中一切尚好，陆平早已上班，她仍在一机部工作，大孩子吴克今春已从内蒙古草原回到北京，现在北大物理系学习。老二仍在黑龙江建设兵团。老三仍在陕西延川插队，两个最小的孩子，均在山东淄博砂轮厂工作。

你父母亲近况如何？身体可好？甚为惦念，并请代我向他们致意问好。

顺祝健康

吴运铎

1972 年 9 月 19 日

13

一九七三年四月十五日

景湖：

从你母亲离开北京后已是一月有余了，她近来身体好吗？还有小景季也好吗？真很想念。

自你妈走后，我又进了医院，住在解放军总医院检查身体。通过一个多月来的详细检查，没有发现任何毛病，特别是内脏，一切正常。本打算检查完就出院去工作，但感谢院党委把我留下，继续治疗左手神经痛。大概在“五一”节后还要动一次大手术，把交感神经切除一段。

这医院的条件很好，我是居在将军病房治疗的，一切都好，请勿惦念。

家里一切都很好，我们的孩子们还是那样。他们也时常想念大妈，还常常谈着景孝的故事。

请转告你妈，我向她问好。她还有什么困难没有，有没公钱用，请来信告诉我。

祝你们好

吴运铎

1973年4月15日

14

一九七三年十一月二十四日

景湖同志：

从青岛休养回京已近一月，未及时给你去信，乞谅。

前几天，你厂张国英同志来到我家，谈及有关你的情况，我们为你感到高兴。

吴小荣到延川插队已四年了，近日来，我单位派人和北京市连（联）系，因父母年老多病，家中无人照顾，要求把他调回北京工作。但仍在办理手续，能否调回北京，还得能（等）几天再看。到时候再给你去信。

另是老四吴小勤、老五吴小健二人，早已分配到一机部所属的淄博砂轮厂工作。吴小勤是单晶硅车间工人，吴小健是女孩子，在财务科担任会计。目前他们工作尚好，也还能安心。而且小勤仍是学徒，到明年才能出师。关于他们是否需要转厂，只好到明年再说。

以上是孩子们的近况，感谢您的关怀。

家里一切尚好。从青岛回京后，由于气候寒冷，我的气喘病也随之加重。目前，仍在求医吃药，在家休养治病，打算到明年开春暖后去工作。陆平是早出晚归地上下班，身体倒胖起来了。总之，我们和孩子们都好。

多年不见父母亲了，也不见他们的来信，很是想念他们，请你来信把他们的通信处告诉我。

听说你爱人身体不好，希多抓紧治疗，以求早日痊愈。并问好。

盼常来信

健康

吴运铎

1973 年 11 月 24 日

16

一九七五年十月三十一日

景湖同志：

很久没给你写信，歉甚。接你来信，得知你的近况，慰甚。特别是知道你害了一场病，今已痊愈上班，也叫人放了心。

你父母近况怎样？常在想念他们，下次来信时，请将你父亲之通信处告我，以便取得连（联）系。

我们一切甚好。我因气喘病仍在家休养。陆平是每天早出晚归地上下班，她身体倒还算可以。大孩子仍在北京大学低温物理系学习。二孩子去年离开黑龙江建设兵团去长沙工学院导弹系学习。老三于前年经北京市安办由延川调回了北京，今在北京工艺机械厂学钳工。老四老五仍在山东淄博砂轮厂，一任研究员，一任会计。

这些时来，我的喘病大有减轻。咳嗽、浓痰都已减少，这主要是我把烟忌掉的好处。从不抽烟以来，我的这个病也渐趋好转。目前仍在继续求医吃药。盼望明年春天能痊愈就好了。

也没其他大事可告，就写到这里，向你一家人问好。陆平嘱笔问好。

盼常来信

健康

吴运铎

1975年10月31日

18

一九七五年十一月二十九日

景湖同志：

月前就收到你的来信，拖到今天作复，谈来也话长。并致歉意。

我于今年6月16日晨在甘家口商场马路旁乘车，被一骑车的青年人撞倒，当即引起了右腿的骨折，被送到301医院住院治疗，医生在我腿骨上横钻一孔，穿入一钢条，系上绳索，并在绳端垂10斤重的铁砣。我躺在床上动也动不了。就这样拉了我50天才放掉，住了两个半月的医院，回家又躺了一个多月，只（直）到昨天，我才开始下楼散步。目前，骨折处已完全愈合，但因长期不活动，肌肉有些萎缩，行走起来一跛一拐的。锻炼一段时间，也就会好的。

家里一切如旧，陆平仍是早去晚回地上下班，孩子们也仍旧上学上班。堪称平安无事。你近来可好，很久不知你父母的情况，请你写信时，代我问好。

何时再来北京，请来家玩玩。

问你一家人好。

顺祝

健康!

吴运铎

1975 年 11 月 29 日

20

一九七六年十一月十日

景湖：

很久没给你写信，你近来可好？

今年7月，景福出差来北京，居住在我家多时。后去天津，恰好遇上了7月28（日）凌晨地震，几乎把命送掉，真是险极了。

9月间，我的眼突然失明（约一分钟失明）。去医院检查，医生说这是血管硬化的表现，是对我的警告，有中风和脑溢血的危险病暴发。

为了预防此病，急需一种叫“海藻晶”的药，这是兰州中药制药厂生产的。不知你在兰州是否有熟人，请帮我购买几盒。而且要快一些，因我等着吃药。

购药钱请先垫上，以后寄给你。

家里一切都好，吴克已结婚。何时有机会来京，请来家玩玩。

附上一张药方。

盼来信

礼

顺祝健康

吴运铎

1976年11月10日

[附注]

原信中的药方已遗失。

22

一九七八年八月十三日

景湖同志：

今天《中国青年》（杂志）社转来了你的来信，真是高兴极了，离别了十多年，不想又能见面，真是想不到。本想去看你，但医院又不能请假，因此希望你在下午三点钟以后，到友谊医院单人病房三楼二号来找我。

我等着你。

你弟弟常有信来，我也常给他写信，还给你父亲写了信，但还没有回信。

好吧！要说的话太多了，见面再谈吧！

祝：①

吴运铎

1978年8月13日

---

① 原信如此。

一九八〇年八月十日

景湖：

你好！

上月初我出差太原，参加陕西省兵工协会成立大会，应邀作了一个学术报告。会议转去西安，在西安忙了一阵子，直到上周才返回北京。

你给我的信均先后见到，因忙于出差，未能及时作复，歉甚。

五月间我曾出差去洛阳，在洛阳忙了几天，上火车去西安时，我突然想起你们的老家，在火车里我问秘书洛阳到巩县有多远，他说乘小汽车一个多小时就到了，真后悔在洛阳时，没抽空去巩县探望你妈和景福他们。下次去洛阳时，我一定去。

你的工作调动问题，我曾和天津的老同志研究过，因市委卡户口，难以实现，我也没写信告诉你，求人的事总不是顺利的。

石油部有一老同志，他曾在大港油田工作多年，我打算求他帮帮忙，把你们调到大港去，结果如何，以后再告。

我们一家人很好，勿念。常来信。

健康

吴运铎

1980 年 8 月 10 日

一九八一年二月十二日

景湖：

你好！

来信及送来的山药等物，均先后收到。近半年来，我的健康情况是每况愈下，特别是入冬以来，哮喘更是频繁不息，实苦不堪言。

我的哮喘是呼吸道炎症引起，另是因冠心病缺氧而引起的。十多年来，求医吃药，无论是中、西医还是偏方均告无效，医生亦束手无策。

黄华外长出国时，他秘书在西德为我买回“碧桃仙—U”十瓶，但亦无效。

昨天医生来家看病，决定接我近日去北京小汤山疗养院休养并治疗。看来这种不治之症，也只好拖一天算一天了。

年龄大了，也就更易回忆过去。特别是在那战火纷飞的岁月里的老战友们。回忆苏北小金庄工厂，也就想念着你的父母亲。前年出差洛阳，我竟忘了去巩县看看你妈，事后，我是后悔莫及。

谢谢你的关心。何时能来北京。请来家一叙，请代问你妈好。我们一家人均好。

各安

吴运铎

1981 年 2 月 12 日

一九八一年七月十二日

景湖：

很久没有给你去信，你好。

你的来信早收到，因种种原因迟迟未能作复，歉甚。

今年一月，我出差上海，不幸感冒、发高烧。躺了几天，不料回到北京后，竟引起我的老年哮喘恶性发作，不得不住进北京小汤山疗养院，经治疗和休养，病情有所缓和，但仍时有哮喘，这是一种不治之症。看来是心有余而力不足。准备告老让贤，找一安静处所，写写画画，以度晚年。

我已出院，但仍常犯病，现仍在家吃药和休养。吴松你们的工作调动事，我也曾与大港油田的同志联系过，但因户口等问题。迄今亦不得解决。现今调动工作等也甚难为，我们在山东的孩子至今也无法调回，只得在山东成家立业了。

前些时，我曾给你妈去信问好，还给她寄去照片，也收到她的来信，得知他们甚好，只是去年出差洛阳，忘了要一小车到你们老家去探望，事后甚为后悔，下次出差河南，我定去看看。

近来北京热得厉害，弄得不想吃，也没法睡，而且气候多变，真是够呛，汗流不止，就此搁笔。

我们家人均好，陆平嘱笔问好。

祝你们愉快健康

吴运铎

1981 年 7 月 12 日

一九八三年五月二十七日

景湖同志：

你好！

接到你的来信，欣甚。

关于写证明一事，你最好写一纸说明书，也就是将你从“皖南事变”到苏北盐城参加工作（先为焦主任当勤务员，后跟我当勤务员）的经过写一说明。写好后再寄给我，我在你的说明书上，签字盖章证明即可。

我去年11月间闹了一场大病，是因感冒转肺炎，后去医院复诊时，经过X光拍照，医生怀疑我有癌症。为了检查是否有癌症，在首都医院住院检查。通过X光拍照，电子射线和红外线等的检查，以及抽血、痰液和大小便的化验，结果是除我原有的哮喘和冠心病外，一切均属正常无病。

大病初愈后，我的体重严重下降。从96斤降到80斤，成了真正的皮包骨，我现在仍在家吃药养病，争取体重上升。

我于去年6月，经中央组织部批准我离休，没想到做不完的社会活动，我虽离休，反比上班还忙。最近想找个疗养院去疗养几个月。陆平于前年离休了，每日在家忙看抱外甥（孙）。家里一切甚好。勿念。

你写回信时，请代我问你妈及你弟妹们好。陆平嘱笔问好。

吴运铎

1983 年 5 月 27 日

31

一九八四年三月十二日

景湖同志：

你好！

今天接到了你的来信，得知你母亲和你们都好，我很是高兴。

你以前给我的来信均收到，但去年三次住院治疗，未能及时作复，歉甚。

每次住院多因感冒而发烧，并引起老年哮喘病的升级，到医院看病，就被医院留下住院了。

我于八二年经中央批准离休，不料离休反比上班还忙，做不完的社会活动，写不完的文章和复信。近来，我更是日夜忙个不息。自3月3日起，我参加了首都一万八千名少先队员以英雄命名大会，参加“北京智力开发协会”并担任了名誉主席。接着出席了“全国残疾人福利基金协会”，担任了该会理事，15日开成立大会，还让我代表全国残疾人讲话。15日晚，我将乘火车去河南安阳。安阳县委派干部和医生、护士来北京接我去参加他们主办的“关心下一代协会”的成立大会。今年夏季想去外地疗养。

很久没接到你母亲的来信了。回忆战火纷飞的岁月，我们的战斗生活，也就加深了对你们的思念，不知你是否有机会来京一走。何时离休？请来北京一叙。

来信谈及老同志的处境问题，这类问题还要我们想开一些。为了党的事业，我们仍要谦虚谨慎，理直气壮地而且是要心情虚（舒）畅地迎接我们幸福的晚年。

明天我给你母亲去信，问好。

近安

吴运铎

1984 年 3 月 12 日

一月六日①

景湖：

来信收到，感谢你的关怀，我们都好，只是陆平婶因神经衰弱等病机关里命令她休息治疗。回家后，每天跑医院，吃了几（服）中药，病情有所好转，勿念。

我身体还好，上月因工作出差到内蒙（古）包头一次。只是工作忙一些，一切安好。

知道你母亲病已好转，也叫我们放心了，盼你去信，说我们向她问好，并请她多注意身体。

听说你父亲要来北京，我们很高兴，盼他来京玩玩。

景润还在一站工作，他很久没到我家来了，也不知道为了什么。你给他的信，我已托人转交给他了。你上次回天津后，我也找人问过，一所根本没有派人出国。买表的事，我看很麻

---

① 在吴老给景湖的信件中，尚有四封写于何年不详，故附于其他信件之后。

烦，还希望你处理这个问题，最好要景润把真实情况说出来，再想法解决。

好吧，再谈，祝你工作顺利，身体健康。

吴运铎

1月6日

二月十二日

景湖：

给我的信已收到，勿念。

我于二月十九日且由上海回到北京。此次在上海已将病治好，多年来疾病的折磨，总算结束了。

回京后仍觉身体虚，过半月后，我准备去太湖疗养一个时期（间），再回北京工作。

你弟景润在北京工作，一切都好，勿念。

何时有机会来北京，请来家玩玩。

你近来好吗？念及？盼努力工作，顽强地学习，听党的话，永远跟着党走。

健康

吴运铎

2月12日

四月十四日

景湖：

多日不见，殊甚想念。

五一节将至，很希望你来北京家里玩玩。

切不要带任何东西，以免浪费。我们都是老同志，千万别客气。

你父亲来京，我们已见过，只是我凑巧去北京西苑宾馆开会，没有陪他玩玩，真是抱歉。

景润仍在一站，也有很久未来家了，关于他的近况也不清楚。

好吧！就写到这里，等着你来家玩。

康健

吴运铎

4 月 14 日

九月三十日

景湖：

你好！

来信收到，关于你工作大调动，可不是个简单问题。当然，能调到河南巩县是最理（想）不过了。不过，我在巩县没有熟识的人，加之，全国各个城市的户口卡得太死，一般的都是调出城市容易，调进就难极了。我想洛阳有几位老同志，我可去信给他们商量一下，但愿能顺利办成。

目前，你仍要安心工作，等待着事情的成功，万一洛阳进不去，还得设法能调到河南其他的城市。

我近来健康情况也不好。主要仍是极端的消瘦。上星期已住进了北大附属第一医院内科，看来短时间也出不了院，可能要住到明年初了，我骨瘦如柴，体重严重下降，现只剩 72 市斤了。

家里一切安好。请勿念，很久没接到景润的信了，不知他是否仍在咸阳老一所。

你妈今年有七十几岁了？是否还能干点家务劳动，她身旁还有谁照顾她，真愿她健康长寿，你去信时，代我向她老问个好。

不多写了，就此搁笔。陆平婶问你全家好。

祝你们全家老少健康幸福。

近安

吴运铎

9 月 30 日

附：吴运铎交组织的证明材料

关于宋景湖同志的事

一九三七年，成立了新四军（军部在皖南云岑）同时在皖南翕县麻岑坑建立了新四军军部修械所。李友生同志任所长，宋景湖同志的父亲任该所的司务长，我在该修械所任修理钳工。

一九四〇年，新四军北撤（皖南事变），修械所北撤至苏北的盐城地区的岗门镇。宋景湖同志亦随父母北撤到岗门镇。

我们军修械所北撤到岗门镇后，与苏北新四军三师（系八路军南下部队）修械所合并，成立了新四军军工部。韩振纪任部长，李友生任军工部政治部主任。军工部下属有三个厂：一厂是以焦立德为厂长的修械厂、二厂是手榴弹厂、三厂是新建的子弹厂（研究翻造 7.9 毫米步枪子弹），我负责筹建，初任政指兼工务主任。

军工部成立后，宋景湖参加了一厂工作，任焦立德厂长的勤务员。

不久，日机轰炸了我军工部（当时军工部、一厂和三厂同驻在岗门镇的一个大庙里），次日，军工部、一厂和三厂均向阜宁地区转移（在一个村子里驻下了，村名想不起来了）。这时，宋景湖的母亲由一厂调至三厂当工人，宋景湖随其母调至三厂，跟我当勤务员。

一九四一年的七月里，日寇纠合伪军近两万人，侵入我苏北根据地。我根据地全体军民奋起作战，也就是有名的“苏北大扫荡战斗”。

这次的反扫荡战斗胜利结束后，为了扩大兵工厂生产，军工部吴师孟副部长带领职工四五十人，到淮南新四军二师建立二师军工部。吴师孟任部长，我随吴师孟调淮南建立步枪翻造子弹工厂。从此，宋景湖仍在苏工作。

吴运铎

1983 年 7 月 30 日

致洁思

一九六二年十一月六日

洁思小同志：

给我的回信已收到，知道你仍在顽强地与疾病做斗争，并在有计划地学习和愉快地生活，真使我高兴。

……

我在医院里一切都好，每天除治疗外，就看报读书，倒成了极好的学习机会。

治病也应该讲点精神，要顽强，要乐观。这不仅是对自己负责任，更重要的是对党对人民负责。一个人，他只要具有一个终身为共产主义而献身的崇高生活目的，并在任何时候都无限忠诚于这个生活目的，只要他没有私心，处处为人民为共产主义事业着想，他就能成为一个真正的人，他就能经受得起任何困难和任何风暴的考验，他就能成为一个不可战胜的人。生病是不幸的，但这区区的个人不幸，和我们的崇高事业比起来，又算得了什么呢？只要内心里燃起永不熄灭的火焰，他就能排除万难，勇往直前！

吴运铎

1962 年 11 月 6 日

[附注]

洁思同志是我国著名作家章靳以的女儿。她曾经因患神经炎而休学在家。疾病给她带来许多困难，使她很苦恼。吴运铎得知后，就不断给她写信，并鼓励她扬起生活的风帆，顽强地斗争和生活。

一九六二年十一月二十七日

洁思小同志:

你的来信均先后收到，知道你的近况，真为你高兴，并感谢你对我的关怀。

……

你积极要求加入共青团，这真是太好了。我祝你能早日成为一个光荣的共青团员。为了你能早日建立起崇高的生活理想，获得一个崇高的生活目的，就让我们来谈谈这个问题吧!

人活着，都有自己的生活目的。不管人们是否自觉的，但任何人对事物总有自己的看法（原文即是如此）。人们对人生的看法是多样的，有黄色的，也有灰色的。但归纳起来，总不外是属于两大类，一是资产阶级反动腐朽的人生观，一是我们无产阶级的共产主义的人生观。

资产阶级人生观的最大特点就是“人不为己，天诛地灭”，它把“自私”当作生活目的，把追求个人享受建筑在劳动人民的血汗和眼泪上。而我们无产阶级的人生观是为了全人类的幸福，为了实现人类最崇高的理想，为建成人类最壮丽的事业——共产主义而生活和斗争！

一个人的言行是受他的思想支配的，但思想又是由他的人生观支配的。因此，一个人树立起共产主义人生观，对他一生来说，是多么的重要啊！没有崇高的生活理想的人，像大海里的一片小舟一样，它时刻都会被狂风巨浪袭击而沉没海底。但一个人有了共产主义的理想，并无限地忠于这个理想，他就能经受住任何风浪和困难的考验。

要怎样才能培养起崇高的生活理想呢？赌咒发誓是不行的，最重要的是要开展思想斗争，特别是自我斗争。要时刻开展斗争，消灭一个自私的、没落的、反动的资产阶级思想，才能建立起共产主义的崇高思想，我们知道旧的不消灭，新的是不能成长的。只有严格要求自己，开展思想斗争，我们才会变得更坚强。

吴运铎

1962 年 11 月 27 日

致小黄

一九七三年四月十五日

小黄：

你的来信和照片早已收到。只想等买到书后给你去信。谁知等到今日，新华书店仍杳无音信。只说别着急，等着吧。我也只好等着。看来新华书店眼下是没啥办法。过几天，我去内部书店跑跑，希望也能大一些。

买到一部《民国通俗演义》是内部发行的，已给你付邮寄去。

这套书还比较真实地反映了所谓民国以来的情况，如孙中山领导的民主革命、袁世凯的复辟等等，可以作为一部历史书籍学习。

由于作者收集了大量的公文、布告，烦琐得很，这些东西是之乎者也矣哉，也不易看懂，而且不常见的字也多，只有借助词典才可看懂，不知您是否有词典一类的工具书？

其他的书籍等买到后当继续给你寄去。

吴运铎

1973年4月15日

[附注]

20世纪70年代，小黄和小吴都在黑龙江建设兵团劳动。当时两人已经谈朋友了。小黄在连队里负责青年工作，她想建一个图书室为大家劳动之余提供一个读书学习的场所。于是拜托小吴的父亲（吴运铎）给买一些书籍。吴运铎收信后，表示热情支持。先后给小黄写了三封信。

一九七三年五月二十一日

小黄：

你的来信均已收到。说了也真抱歉，买书的事倒花了不少劲。一是请我们居处的书店帮忙，机关给他们写了介绍信，但效果不高，迄今还是要我等等看。另是请钢铁学院图书馆帮忙，他们也是满腔热情，可是书仍未到手。上次请人到内部书店跑一趟，成绩也不满意，打算自己跑一趟。目前已买到两部书，想等几天多买一点，一并给你寄去。当然书是肯定能买到的，只是时间要长一些。总之，道路是曲折的，前途是光明的。

吴运铎

1973年5月21日

一九七四年三月十五日

小黄：

来信早已收到。

你要《辞源》一类的工具书，我又四处托人购买，直到今天上午“中华书局编辑部”给我的最后答复，曰：“全北京市都买不到这种书，他们编辑部仅存一套，互相轮流使用”，还说这类工具书已成为宝贝。物以稀为贵，他这话也许是真的。

家里仅有一本《汉语词典》。缺点是单字不足，词也不多，且解释得也不甚清楚。虽有缺点，但总比之无书好一点。今日无书，也算一宝，邮寄给你，希勿丢失。

吴运铎

1974年3月15日

致吉先

一九七四年六月七日

吉先同志：

株洲别后，倏忽数年，近来我单位王铨工程师告诉我，得知你在南峯机械厂工作，特致辞问好。

王工程师的儿子王星照，现在你厂五车间当电工学徒，因孩子年轻，请在政治、业务各方面多予指导教育，使其能更好地为我国社会主义服务。

给你增添了麻烦，特致以谢意，何时来京，请来我家一叙。

致敬礼

顺祝

健康

吴运铎

1974年6月7日

[附注]

吴运铎听王铨之子说，因其父亲在“文革”中受审查株连，工作安排受到影响，做了辅助工作，很生气地说：“我们干了一辈子军工，子弟却连干产品都不行?!”于是，写了这封信。

此时，吴运铎尚未平反，当然，亦未分配工作，对同事的儿子之事，关怀备至，而对自己的子女工作很少过问，致使儿子吴小勤在山东工作多年，直到吴运铎病逝，也没有提出将儿子调回北京。

致永高

一九七四年六月十二日

永高同志：

同时收到您的三封来信，慰甚。

知道你们的悲惨过去，想到今天的幸福，这是和你弟弟永祥同志的为党和人民的牺牲分不开的，想到这些，想到我和永祥同志并肩作战的那些艰苦的岁月，我们更应加倍地努力工作，来继承永祥同志的遗志，加速地建设我们的社会主义。

和永祥同志曾在一起工作、战斗过的老同志们，大多分散在祖国的各地，特别是上海、南京最多，他们也很想念永祥同志，也常在通信中谈到他。

永祥同志的牺牲地点是安徽省盱眙县半塔集附近的一个地主家，名叫上河营，当时的工厂就在这里，他任厂长。但他的坟墓不在当地，大概离工厂还有十多里地。因为永祥负伤后，当急忙送野战医院抢救，不幸还没到医院就牺牲了。因此也就埋葬在医院的近处了。具体地点，等我写信打听后，再告诉你。

关于烈属证的问题，我当负责办理，等办妥后，再寄给你，请你等一等。

还有什么要办的事，请来信告诉我，只要我能办到的，我一定尽力去办。

常给我来信，以免失掉联系。

向你的家人问好

吴运铎

1974 年 6 月 12 日

致胡斌

一九七九年四月二十日

胡斌：

上海人民出版社《青年信箱》的编辑把你的来信转给了我，给了我参加你们讨论的机会，我十分高兴。在这里我想结合自己学习保尔的体会同你谈谈心。

我知道保尔，了解保尔，立志向保尔学习是在抗日战争最艰苦的年代——1943 年的春天，也就是我第二次负伤后一年。为了从保尔的英雄事迹中汲取营养，我借来了奥斯特洛夫斯基写的小说《钢铁是怎样炼成的》。这是我们那个地区仅有的一本，它已失去原有的封面和封底，用旧报纸重新进行了补贴。书的扉页也破烂不堪，打了补丁。书的边角卷起，有的地方还隐约可见点点血痕。在那战火纷飞的年月里，这本书伴随着战士们不知度过了多少个艰难困苦的日日夜夜，鼓励和鞭策着战士们奋勇作战。前面的同志倒下了，后面的同志又接过它。保尔给了我很大的教育，给了我战胜困难和伤残的勇气和信心，激励我不断前进。1948 年，在我英勇的人民解放军发动全面反攻的高潮中，我又看了电影《保尔·柯察金》。当时，由于一次炮弹试验引起爆炸，我的右腿和左胳膊被炸断，躺在医院的病床上动弹不得。这次看《保尔·柯察金》，是同志们用担架抬着我去看的。这部电影给我的教育极其深刻，它不仅又一次鼓励我战胜伤残带来的痛苦，直至30年后的今天，仍在鞭策我前进。

关于幸福问题，你们的讨论是从保尔谈起的，我也从他谈起吧。保尔，这个乌克兰工人的儿子，艰苦的战争岁月，布尔什维克的教育，把他磨炼成一个坚强的共产主义战士。在战场上，他英勇杀敌，曾在一天中向敌人发起过17次冲锋，多次负伤，一次又一次重返前线。在饥饿逼人的国内困难时期，在修筑森林轻便铁路的艰巨劳动中，他昏倒在大风雪里。后来竟身体瘫痪，双目失明，直至卧床不起。在个人的生活问题上，也一再遭到爱情的折磨。一般看来，保尔似乎是很不幸的，但保尔自己又是怎么看的呢？他说：

“人最宝贵的东西是生命，生命属于人只有一次。一个人的生命是应当这样度过的：当他回首往事的时候，他不会因为虚度年华而悔恨，也不会因为碌碌无为而羞耻；这样，在临死的时候，他就能够说：‘我整个的生命和全部的精力，都已献给世界上最壮丽的事业——为人类的解放而斗争。’”

这是保尔的人生观，也是他的幸福观的高度体现。它告诉我们：人为什么活着，应当怎样活着，也就是说怎样生活才算幸福。一个人不论他自觉或不自觉，总有自己的生活目的和生活态度，总有自己的理想和追求。是追求革命理想的实现，还是只图个人的吃喝玩乐，尽情享受；是把人民的利益看得高于一切，还是斤斤计较个人的得失，这是衡量一个人是不是真正的革命者的一把尺子。保尔在这两者的抉择上，为我们树立了光辉的榜样。他为了争取人民的解放，甘愿献出自己的一切，尽管个人遭到不幸，眼瞎身残，五劳七伤，但他感到他是幸福的，因为他将自己的一生交给了革命，造福于人民。而个人主义者又是怎样的呢？他的躯体可能是完好的，生活可能是富裕的，但因他为个人而活着，时时刻刻为自己盘算。他的理想之国是：钱更多一些，穿戴漂亮一些，吃得更好一些，住得更宽一些，而为国家为集体最好付出得更少一些。这种人随时随地总是在那里掂斤播两，这合不合算，那吃不吃亏。他们的忧虑和欢乐，始终围绕着个人得失打转。一点小小的失望，可以使他暴跳如雷；一点小小的失算，可以使他号啕痛哭；一点小小的失败，可以使他陷入痛苦的境地，甚至可以使他把绳索套上自己的脖子。奥斯特洛夫斯基说得好：“利己的人最先灭亡，他自己活着，并为自己而生活，如果他的这个‘我’被损坏了，那他就无法生存了。他的前面一片昏暗，只有利己主义和注定的悲哀。但是，人如果不为个人活着，而把自己融化在社会里，那便很难杀死他。因为想杀死他，就必须杀死周围的一切，杀死整个国家，整个生活才行……”

我们经常见到个人主义者为自己的命运嗟叹，却很少见到真正的战士悔恨个人的不幸。革命者投身革命，并不是把自己当作商品去从事交易，以便从中捞一笔优厚的盈利。在残酷的革命斗争中，为了革命胜利，革命者连生命都在所不惜，负伤、致残、瘫痪、失明等个人身躯上的不幸，又有什么值得忧伤落泪呢？正因为如此，保尔瘫痪和失明以后，对共产主义的信念仍坚定不移，他决心克服肉体的痛苦，拿起另一种武器——笔，为革命继续战斗。为了满足他继续革命的强烈愿望，使他有一个安静而合适的疗养和写作的环境，政府给他创造了必要的条件，拨给他较好的住房。为了表彰保尔，人民给了他最高奖赏——授予他列宁勋章。对于这一切，保尔是不是像有的青年认为的那样，因得到“实惠”而感到很幸福呢？不是的，他说：“我战胜了自己生活中的一切悲惨遭遇：瞎眼、不能动、剧烈的疼痛。尽管这样，我仍然是非常幸福的人。这并不是因为我得了政府奖给我的一切，我以前没有这种奖赏，我也是很愉快的，你要明白，这个从来不是我工作的目的。”

有一次，英国新闻记者去访问他，两人作了这样一段对话：

记者：“请您告诉我：如果不是因为共产主义，您也会这样忍受自己的境遇吗？”

奥斯特洛夫斯基：“永远也不会的！个人的不幸现在对我是次要的……”

我引证了好几段保尔自己的话，目的是希望让英雄自己来说明他的内心世界，从而使我们自然地得出结论：保尔是幸福的。因他脱离了低级趣味，无论处境如何，始终没有脱离战斗岗位，把自己的一切献给了为人类解放的伟大事业。我在学习保尔的过程中，深感我们生活的全部意义就在于此。在抗日战争和解放战争中我曾多次身负重伤，炸坏了手，炸断了脚，炸瞎了眼，正是保尔的优秀品质教育和鼓励了我，使我懂得一个人的生命之所以可贵，是因为它能为人类的解放发出光辉。我感到自己虽身负重伤，但为祖国，为人类最美好的事业——共产主义而斗争，就是最大的幸福。因此，每当我想起保尔，就有了为革命坚持斗争的无限勇气和毅力。

可是，十多年来，由于林彪、“四人帮”的破坏干扰，把人的思想搞乱了，是非美丑的观念搞颠倒了，有的人离开人民的利益，一味图个人的私利，认为这是最大的“幸福”。在这些人看来，什么理想，什么自我牺牲，都过时了，什么祖国的荣誉，人民的奖赏，还不如一顿美餐、一件时装、一套新式家具来得实惠。这种庸俗习气和市侩作风，不同程度地毒害着我们有些天真的青年的思想。小胡同志，你们那儿有些青年在看了电影《保尔·柯察金》以后，产生保尔是不是幸福的疑问，是不足为奇的，关键是引导、帮助他们提高认识，正确地学习英雄，明确人生的真正目的。

拉拉杂杂，谈了一些看法和体会，只是参加你们讨论的一次发言。我相信，同学们在党团教育下，经过学习和生活实践，会逐步找到正确的答案的。

顺祝

进步！

吴运铎

1979年4月20日

[附注]

胡斌所在的学校组织大家观看电影《保尔·柯察金》。看了电影后，同学们就保尔幸福不幸福的问题展开了讨论。很多同学认为保尔是不幸的。有的说：保尔开头吃尽千辛万苦后来又眼睛失明，瘫痪在床，还有什么幸福可言！有的认为保尔既有痛苦，也有幸福，他挨打，生病，成了残疾，是痛苦的；后来有了名誉、地位、好的房子，又可以说是幸福的。

这些观点对不对？胡斌同志便给《青年信箱》写信，希望帮他找到正确的答案。

致星照

一九八一年八月十七日

星照：

你好！

收到你的来信和运八纪念章，很是高兴。也常惦念着你们。

我将于近日往积水潭医院动手术，拔出打入骨折处之钢钉。我骨折后，入北京空军医院，经手术打入腿骨两支钢钉。没料到次日经X光片检查后，有一支钢钉打偏了，又不得不拔出。不料在腿里的另一钢钉，也在腿里作乱，影响行走，仍要再次手术拔出。我明知这是一场“医疗事故”，还得强颜欢笑向医生致谢。已如此，有何办法呢？再次手术，已是我一生中的第三十次手术了。真是多灾多难。

我年老病多，且是不治之顽疾，如冠心病，大脑供血不足和肺气肿，已是难以工作了。现已经组织部批准我为顾问，我是老、弱、病、残四字俱全。即使当顾问也难胜职，准备离职休养，找个清静处所，写写回忆录，以终晚年。

我被分工管飞机的配套。这些年多为“歼八”出差，直到

1979 年最后的一天签名定型。我仍然是航定办的委员，也是“航空学会”的理事。由于多病，也准备辞去虚名了。

何时回京，希来家玩玩。

祝你们一家人健康幸福

吴运铎

1981 年 8 月 17 日

一九八三年八月二日

星照：

你好！

收到了你的来信，读后很高兴。

很久没和你们兄弟姐妹连（联）系，想起你们，也就想起你们的父母，也常会记着老人的友谊。很久没去复兴门外，待天气凉爽时，我将去看望他们。很想念你的小侄女，我平常多忘事，把她们的名字也忘了，她现今在何处读书，什么时候能来北京？希望她来我们家做客，她有照片吗？希望你能送我一张。

去年十一月间，我闹了一场大病，是感冒转肺炎，卧床 20 多天，病虽好了，但也从此一蹶不振，特别是体重严重下降，只剩 70 多市斤了。瘦骨嶙峋，医生硬是怀疑我有肺癌，经检查无肺癌，医生又说有胰腺癌。去首都医院住院检查，住院等三天，经 X 光、电子扫描以及抽血、化痰和大小便的检查，结论是无任何癌症，一场虚惊，只得一笑了之。

出院后，应天津市团市委邀请，去天津待了六天，回京后，又应沈阳“东北工学院”邀请到沈阳待了四天。回京后，仍是因社会活动过多，健康情况仍无好转，《北京晚报》为我登载一启事，让大家不要多找我作报告及写文章，虽来找我的人少了，但稿债又高筑，常言说“虫多不痒，稿多不愁”，我也就不急不忙地写，能写多少就写多少。

我于去年6月经中央组织部批准离休了，虽已离休，但却比上班还忙，看来，把“剩余价值”耗尽才可止了。

你们让我写字，可让你弟弟们来我家，我一定写，只是我写的字是不能登大雅之堂的。

我没单人的照片，找了一张和张海迪同志在一起的照片赠礼做留念。

代我问惠华好。问候你的兄弟姐妹们好，希望来我家做客。

酷暑逼人，不多写了。

近安

吴运铎

1983年8月2日

一九八四年春

星照：

你好！

来信谈及朱遵三厂长，他原是新四军皖南军部修械所所长，我们之间很久不联系了，主要是不知道他在何处。今得知他的通信处，欣甚，我将给他去信问好。

吴运铎

1984年春

[附注]

朱遵三同志是新四军最早在安徽岩寺成立的修械所所长。后来，军部迁驻泾县云岭，朱遵三任军部修械所长，吴运铎是一名军工战士。再后来，朱遵三调到河北国营先锋机械厂任厂长。

新中国成立不久，在“三反”运动中，朱遵三同志被打成

“老虎”，受到了行政降两级处分。

1984年春，吴运铎听到这个消息后，便主动给已经离休多年的朱遵三同志写信，让他来北京，陪他一起去中央组织部陈述其事的原委，并交了上诉材料。

没过半年，经过甄别，已逾古稀之年的朱遵三老人被取消了多年背着的处分，恢复了级别。

一九八四年八月二十九日

星照同志：

你好！

很久不见了，收到 8 月 13 日的来信，得知您的近况，欣甚。

今年 5 月初，南京全国第二届中学生评书揭晓。我在 1980 年为上海教育出版社写的一本《和青少年谈道德修养》一书，也被评上了，他们来人接我去南京领奖，发给我一个镀金的青铜少先队员雕塑。

江苏人民广播电台播出发奖新闻后，我被淮南抗日老根据地宝应县委接去淮南。到 5 月底返回北京后，又被哈尔滨船舶工业学院接去，在哈尔滨市半个月后，沈阳军区参谋长又接我去沈阳军区为军区科技人员讲常规武器课。在沈阳市半个月后，又被大连 523 厂邀请，派人接我去大连，在大连棒棰岛宾馆疗养了半月后，乘海舵至塘沽经天津返回北京。

回京后，国防科工办钱学森科学家召开了“思维科学”研究会，我被邀请参加会议至8月中旬结束。

应北京市总工会邀请，我将于9月2日赴北戴河休养，9月中旬，返回北京。

近两年来，我的健康情况是一年不如一年，人总是要老化的，这是不可抗拒的自然法则，也只得过一年算一年而已。

来信谈及的“三种人”问题，虽中央决定在今年整党中要清除，但看来并不简单，这些人搞鬼有术，他（她）们现今摇身一变，仍是响当当的“革命派”。而且振振有词，说他们也是受害者。我想：只要中央消灭“三种人”的政策不变，天网恢恢，早晚是要完蛋的。

来信谈及朱遵三厂长，他原是新四军皖南军部修械所的所长，我们之间很久不连（联）系了，主要是不知他在何处。今得知他的通信处，欣甚。我将给他去信问好。

你何时回京？盼能来寒舍玩玩。

祝健康幸福

吴运铎

1984年8月29日

67

一九八五年六月八日

星照：

你好！

来信收到了，我目前仍然在住院，情况还好，春节让你跑了一大趟没找到，很抱歉。

有事可随时来信。

代问你全家好

祝

好

吴运铎

1985年6月8日

68

一九八六年四月十九日

星照同志：

你好：

来信早已收到，只因疾病纠缠，未及时作复，歉甚。

读来信得知你的近况，欣甚。

由于久不联系，对你家情况也不得知。记得你有一位姐姐，不知她在何处工作。她近况可好？

我也是72岁的老人了，由于身患老年哮喘，只得终身卧床，即便下床大便，也喘息不止。多年来求医服药亦不见效。近半月以来，每日吊瓶子注射青霉素，也是暂缓一下，看来已成不治之症了。

陆平同志于去年摔了跤，不料竟摔断了股骨。后住院动手术安装了一有机玻璃的股骨，但她仍难以行动，终日疼痛不止，可能还得动一次大手术。

你何时能回北京，请来西山工疗一叙。

不多写了，祝你健康幸福。

礼

吴运铎

1986年4月19日

致星照、惠华

一九八二年十二月九日

星照、惠华同志：

你好！

读到你们的来信，真高兴。

每当路过复兴门外时，以及和五机部的老同志们谈及你父母时，总难免要勾起往事、深深地悼念逝去的老人，心情常感沉重。

流感袭人，未得幸免，且来势突然剧烈高烧 39.3℃，从而卧床不起。去医院看病，医生留我住院，但又苦于无病房，只得回家治疗。到昨日我才下床行动，但仍时感不适，手足乏力，食欲不振。看来还待静养休息，以期痊愈。

今年六月，我回（出）差沈阳，回京后见到中央批准我的离休申请。虽名义上是离休了，我是作不完的报告，还不完的稿债，复不完的信件，实比上班还忙。只得耗尽“剩余价值”而后矣。

参加革命前，我是个煤矿工人。煤炭部门要我写《矿史》，搞兵工的老同志让我写《兵工史》，四川少儿出版社要我写一本《童年》。还有各报章杂志的约稿，我实无力照（招）架，但愿马克思在天之灵，让我晚点去报告（到）。

你姐姐还在包头吗？她那小姑娘上学了吗？想念她们，请代我问何时来京，请来家玩玩。问梁书记好。

冬安

吴运铎

1982年12月9日

致赵长安

一九八二年一月五日

赵长安同志：

你好！

今天收到寄来之初稿，读过两遍，做了一点修改，也可能不妥，就请你再改过来。

此文若能问世，请赠给我一本，以作纪念。

小汤山疗养院病房太冷。目前气温多在零度以上，那里已是冻得怀抱热水袋读书看报。估计气温还会降到零下十几度，那就更是要喘得上气难接下气。打算回家过春节，节后出院回家，家里较暖，且可工作。

我不仅拖欠了一些稿债，还欠了沈阳军区一笔科研债。因木柄手榴弹没有安全装置，在部队、民兵实弹练习时，拉了发火弦，但没投远而落在身边，三秒钟就爆炸，已无谓地牺牲了不少的战士。受沈阳军区所托设计一安全且威力较大的手榴弹。债拖得太久了，打算早日出院，偿清这一债务。

出院后再见。

礼

吴运铎

1982年1月5日

[附注]

赵长安系本书主编。

一九八二年五月六日

赵长安同志：

你好！

来信悉。这些日子以来，社会活动多，全总召开的劳模会议我也只是在开、闭幕时参加。一天一个报告，从 4 月 23 日始，到 5 月 13 日才可结束。

稿债也越积越多。天津市的《支部生活》来了四位同志，要我写篇稿，并限期要交稿。湖南有几个杂志社也来要稿，我的健康欠佳，实疲于应付。

来信约我撰稿，待 5 月 13 日后，我给你去电话再联系。

很久不见了，盼暇时来家聊聊。

春安

吴运铎

1982 年 5 月 6 日

74

一九八二年十二月三日

赵长安同志：

你好！

信悉。这大千世界也无巧不有，我已与四川少年儿童出版社约定，写一本有关少年儿童的思想、品德……方面的书，字数五万，明春脱稿。因而第一件事只得作罢。

《劳动模范谈劳动》要的稿件是可以考虑的。不知文字内容写什么？字数多少？何时交稿？请打电话告诉我。

流感袭人，未能幸免。来势突然且剧，高烧39.3℃，医生要我住院，但又无病房，只得在家治疗。打针吃药，总算告一段落，但仍行动无力，躲在家里“冬眠”。

冬安

吴运铎

1982年12月3日

一九八三年十一月二十八日

赵长安同志：

《小学生时代》杂志编辑部孙开里同志来京约稿，我打算写一篇小学生活的文章。他们创刊于明年一月，想找一位同志写一篇我的简介，我推荐您帮帮忙，你是比较了解我的情况的。

今介绍孙开里同志至您处，谈谈他的要求。

礼

吴运铎

1983年11月28日

一九八三年十二月三十日

赵长安同志：

你好！

很久不见，常在惦念中。收到来信，就提出之问题回复如下：

1. 作《把一切献给党》一书的决定，直接原因是受全总委托。而全总为何要我这个修炮造枪的工人写书呢？我想这是1951年的10月1日，我被以特邀全国劳模的名义来京出席了国庆大典，观礼后的某一晚间，全总邀请了几位全国劳模作报告，说说自己的劳模事迹。这样的事，我是第一次，我惴惴不安胆怯地走上了讲台，向同志们讲了自己在党的教导下成长的过程。

我的报告被工人日报社录音后，并于该报连载了。接着工人出版社也出了《把一切献给党》的小册子。

1953年，我于北京俄专学习结束后，在等待出国学习之空隙里，也许是全总觉得这本小册子简单粗糙，故提出让我写书，在何家栋同志的帮助下，经过半年多，写完了《把一切献给党》。这本书虽然内容有所增加，但仍是一本小册子，也谈不上是什么文学创作，只是我前半生的汇报而已。

问及是否受“保尔”一书的影响，我回想我写书的动机是影响不大的。但书的内容是可以看出“保尔”一书对我的工作学习的潜移默化是具有重大作用的。关于我的劳模事迹的重点，如建立敌后兵工厂，研制并生产装备部队的武器，如枪榴弹、平射炮……以及设计制造生产武器弹药的机床等，都是在 1942 年。整风时期，一次肖望东同志（当时他是淮南新四军二师政治部主任）到我们兵工厂作了一次报告，他在报告中谈及了“保尔”的英雄事迹，使我备受感动。不久，政治部的同志又给我送来我解放区仅有的一本《钢铁是怎样炼成的》。说也奇怪，我竟学着“保尔”加倍地工作，加倍地学习起来。

有一次，师长罗炳辉在淮南新铺（地名）组织了一次我所设计的武器弹药演习会，淮南军区各支队及各旅首长、部队均参加了大会。大会后由师长讲话，他表扬了我一番，并说我是“上海大学”毕业的大学生。从这以后，根据地就有人传说我是中国的保尔。

枪榴弹在桂子山战斗胜利后，淮南抗日军政大学的老师们来兵工厂找我讲述枪榴弹原理（因为他们也要给学生们讲）时，他们竟也称我为大学生，那年头在根据地里被称为大学生，真可谓是“学术权威”了。虽经我再三说明我只念过五年小学，可谁也不信。大概在抗战胜利前夕，有一次师长来令，要军工部搭一台，他要来讲话，真没想到他又特为表扬我这个所谓的大学生跑了九十里地。

许多事我没去写它，但写《把一切献给党》的原（材）料，也可说是出自于“保尔”的影响的。

2. 谈及我学习外语一事，我这里简略地说说我在安源煤矿小学三年级时就开始学英文了。我自己也难以作释，在课堂里只要跟着老师念几篇，我已记住了。后来，煤矿不发工资我们家揭不开锅，我只得开始了我的挑煤、捡煤渣的生活。我辍学后，连饭也吃不上，谁还再去学英语，就这样我把读完了的当时我国唯一的《模范英语读本》上、下两厚册也就全还给老师了。

1947 年的 9 月，我在大连设厂时，在试验炮弹时不幸又一次负重伤，我长期卧床，不甘寂寞，领导为我请来一位日本女教师，每日到病房里教我日语。我是咬着牙忍着伤口的剧痛，到次年出院时，我已能阅读机械技术日文书籍了。可是出院后，我投入了紧张的工作，但仍每日读点日文书籍。到 1949 年冬，全国解放时，我首次去苏联治病，也就结束了日文的学习(因要学俄文)。

1952 年，因国家派遣实习生去苏联学习，当时我已是 35 岁的中年人了，调我到北京俄专学习。我在俄专学习了两个学期，1955年出国，初到西伯利亚，后去乌拉尔；上午听苏联工程师讲课，下午去车间实习，到1957年回国。

关于我在50年代除在武汉兵工局任副局长一年余，后调北京学俄文，要讲及工作，也就是写了一本书，和二次去苏学习。60年代，外贸技术进口公司要花40万美金购买一进口专利（无声炮弹），当时我不同意花这笔冤枉钱，我觉得为什么都要买外国的。我向党委说明让我们自己研制。我去试验场搞科研，从设计到靶场实弹射击得到了成功，只费了28天。射击当天，有国防科委、二办、炮兵司令部及炮兵学院、五机部以及对外贸易公司经理，大家一致称好。只是这些事都关系到国防机密，也不便于写文章，而且写了还会引起没出息的人的嫉妒。果不出所料，十年浩劫时竟因此事而又落了个“崇洋媚外”“为个人树碑立卷”之罪名。真也笑话，按此无稽之谈，火车、轮船、飞机、火柴、电灯等，都该砸掉。加之解放后的30多年，一个紧跟一个的“运动”，哪还顾得上搞什么贡献，尤其是“人怕出名猪怕肥”，而且嫉妒与陷害是双生子。1952年，我当了劳模后不久，在第一次“三反”运动中，无中生有地要把我打成一千六百万的大老虎，还逼着一女同志（所谓同伙者）自杀，经抢救才脱死难。这数十年来，特别是在十年浩劫中，我所遭遇的嫉妒之灾，真是一言难尽矣。这种不愉快的往事就让它过去吧，历史是公正的也是无情的。我不愿再去揭伤疤，也不愿提这些不愉快的往事了。

3. 粉碎“四人帮”后，五机部成立了科学院（即常规武器研究院），我任副院长及党委成员。分工我任战斗机的配套工作，如航炮、火箭、炸弹等武器，并担任了“航空定型委员会”的委员，即简称“航定办”。那阵子，我也真忙得邪乎。一年出差十多个月，三去西安，三去沈阳，二去成都，一去南昌、杭州、上海、洛阳，就连1980年的元旦，也是在空中飞行中度过的。“四人帮”揪出后，虽工作无甚成就，但实也竭尽了全力。

另是社会活动多，为各机关、学校、工厂作报告，为空军司令部、总后、军事学院作“扫科盲”报告，讲解近代武器的发展。

我已是66岁的老人了，且是个地地道道的老、弱、病、残。1980年，我已申请退居第二线。今年才由中央组织部批下来，根据病情，看来顾问也难得顾上了，准备明年离职休养。有人要我续写《把一切献给党》，若写出来会给读者带来什么益处呢？也有人要我在《把一切献给党》一书的基础上补写一次，主要是增加篇幅。我也准备在离职后把这书再写一次，打算增加十万字左右。还有人要我写《中国兵工史》，主要是写抗战和解放战争时间（期），我党各战区之兵工。我也别无奢求，只求有一竹篱草舍，绳床瓦灶，写写画画，以度残年。

啰啰唆唆恐亦不满足你之要求，有何问题，请来信。

近因病情不稳定，医护人员对我加强管制，嘱我写稿一事，只得缓后。

请代问诸同志好。

祝元旦好。

吴运铎

1983年12月30日

另：我在大连负伤学日文，出医院后除兵工作外，还担任了建新公司大学的机械制图教员。教材是由日文机械制图书上选编的。这也是我学日文一项收获。另外稿子写完，初稿能否寄我一阅？

又及

一九八四年一月五日

长安同志：

你好！

去年最后的一日晨，我因患肺炎，被送进了北医一院住院治疗。住院后，经治疗，病情趋有好转，估计一月中旬可出院。

为我写的稿，辛苦你了，只是吉林《小学时代》等不及，他们按《把一切献给党》一书的“童年”一章，写了一稿。使你辛苦了，歉甚。

来信说及我的出生年月，已是各有各的说法，这错误是《把一切献给党》一书而引起的。我是1917年1月17日出生的，这天正是民国五年旧历十二月廿四日，出生后的六天即是民国六年，但公历是1917年的1月17日。

旧社会计算年龄的方法总要让人多活几年，我虽出生于民国五年，只差六天就是民国六年，我父亲就在我出生只有六天时就算了我一岁。我在写作《把一切献给党》一书中就是用旧法计算六天算了一岁。按理说要经了360天算一岁，我根本不满七岁，我父亲硬说我是七岁该上学了。

我在胡老先生家没念几天书就逃学了，每日跑车间看机器，萍矿小学半途进不去，就此荒了一年。次年随哥哥入萍矿小学读一年级，又因我爱看打铁留级一年。记得小学二年级读完后，由于煤矿的阶级斗争激烈，学校停办，我又失学了。

记得是1926年北伐胜利后，安源路矿工人俱乐部成立了，在俱乐部领导下成立职工子弟小学。我在第三校读小学四年级，算起来我这年还不足九岁，后来俱乐部封闭后，我又去萍乡小学念了几天五年级，因矿上开不了工资，家里没吃的，我也就结束了读书。为了活命，记得我在十二岁这年，初去后山挑煤，后去八方井锅炉房拾煤渣卖钱度日。1930年，我13岁，一家人逃亡至湖北大冶。我进了一个名叫富源煤矿电机车间当学徒，要按公历计算，我进煤窑时，恐不足十三岁。

既然《把一切献给党》一书写了我十四岁进煤窑学徒，我也无法更改了。但这几年也在撰稿中写过我十三岁进煤窑的。我想以后再版《把一切献给党》写一说明。

要去做治疗了，就此搁笔，祝好。

吴运铎

1984年1月5日

一九八四年四月七日

赵长安同志：

你好！

近来我也真有些忙不过来，上月15日上午在政协礼堂参加“全国残疾人福利基金会”成立，还代表全国病残人讲话，当天晚间就随河南安阳市委派来接我和孙敬修老人（的同志）同去安阳出席“安阳市关心下一代协会”的成立大会，还被推选为该协会的名誉会长。

上月22日回京后，忙于参加丰台区角门中学的名誉校长大会。每日来家索要字画的，一天也没断过，而且还欠下了大批的字画债。我自己作为晚年度日的写写画画，实为雕虫小技，不登大雅之堂，虽然我一再婉言推谢，大家仍是坐家不走。还有还不清的稿债，我真吃不消，但又无法解决。今天下午，还得去气象学院作报告。

由于忙，也没和你联系，暇时还盼你来家聊聊。今有皖南宣城一残疾姑娘（下肢瘫痪）系高中毕业，爱好文学写了一篇习作《稻花》，她寄来给我，要我帮她修改，而我无能为力，转寄给你，请你阅后提提意见，给予帮助。

近安

吴运铎

1984 年 4 月 7 日

一九八五年二月二十五日

赵长安同志：

你好！

廿六中教员崇淑华之父因病去世，遗留下难题，亟待解决。

你社商秋石校对为她家之事写了一稿。为了能早日帮助解决，能否促使商秋石同志之稿早日见报。

详细情况，介绍张命禹和崇淑华二同志面告。

礼

吴运铎

2月25日

[附注]

这封信没有写何年。现回忆是在1985年。

致小勤

一九八二年三月二十五日

小勤：

得知你已回厂，慰甚欣甚。

前你回家后，有一事要告之你速速改正，但年老忘事，只得写信告诉你：

我患哮喘病、冠心病这些不治痼疾，病因实是吸烟喝酒之罪魁祸首而引起的。我实已后悔莫及了。

吸烟喝酒实是有百害而无一利，详细情况不赘述。一个吸烟到50岁的人，必早死二十年，再加上喝酒那就更是火上浇油了。实际上吸烟喝酒是慢性自杀，盼你速戒掉吸烟喝酒。

要戒掉烟酒也是有一点困难的，但只要有决心，也就算不了什么困难。我抽烟喝酒一辈子，不也戒掉了吗？俗语说："天下无难事，只怕有心人。"遗憾的是戒得太晚了。

毛孩在为你们买桌椅，祝你们好。

问秦丽华一家老少健康、愉快。

你妈嘱笔问好。

我仍如旧，索稿索画者，来家采访者，要求作报告者，成队少年队来家做客者，仍是每日不绝。

今夏我想去济南休养。暂写至此。

春安

爸爸

1982年3月25日

[附注]

此系吴运铎给儿子吴小勤的信。

一九八三年二月一日

小勤：

收到你29日的来信，得知你们近况，欣甚。

我去年11月间，闹了一次肺炎，病情较重，我去医院看门诊，医生留我住院，但又无病房，只得回家卧床，请街道医生来家看病。卧床20多天，到12月18日我才勉强下床，去积水潭医院复诊，经透视后，医生不知发现我肺部有什么，让我拍了三张X光胸片，医生当面说我肺部有癌，于是进行了检查，验了三天的痰，结果根本找不到癌细胞的影子，把吴克吓坏了。一场虚惊，苦笑而了之。

自患肺炎以来，迄今仍是常感不适，是茶饭不香，四肢无力，等你和丽华来京后，我准备去北京军区医院做一次彻底检查及治疗。社会活动过多，加之稿债逼人，实勉为其难。《北京晚报》做了一件好事，发了一稿，请不要找吴老作报告，要照顾老人的健康，这些时日约我作报告的人也较少了。

花盆不要买了，我健康情况，无力再养花。在这迟暮之年，默默地为四化尽点力，搞点传、帮、带，写两本书，我也就死而无憾了。

希望你和丽华早日来京，家里正在为你们布置房子。把两张单人床拼起来，临时简单布置了一下，反正你俩也住不久。

你们的喜事要新办，以节省为主。需要购置的东西，当然是必要的，要是钱不够，婚后亦可趋渐添置。

请代我和你妈，祝丽华一家幸福健康。

今年北京气候反常，长年干旱无雨无雪。乍寒乍暖，闹感冒的人跑医院成了一窝蜂，你们来时，把棉衣、大衣都带上，最好让丽华的爸爸给你们点预防感冒的药物。

家里一切甚好，毛孩今天回家来了，她快要上班了，看来他们一家三口等孩子稍大点，还要搬回来。小潘毕业了，现在正在等待分配。

祝

冬安

爸爸

1983 年 2 月 1 日

致小勤、丽华

一九八二年七月八日

小勤、丽华：

你们好！

来信收到，欣甚。

从4月23日开始，除开会、出差和星期日外，我是每天应机关、学校和工厂邀请，每天作一次报告，加上报章杂志催稿火急，忙得真是闲不着。

出差沈阳，参加新产品设计。上周回京，连日要忙于作报告。昨日参加北京火花读书奖，今晨北京市已广播。

我今年2月份写了离职申请，直到6月18日中央才批准。虽离休，却比上班还忙。

花盆不急用，何时有人来京可顺便带来，但要托可靠之人。上次买的花盆，大概仍在天津。买花盆用了多少钱？希下次来信告知。

毛孩为你买了十把折叠椅，有车来京时可带去。但也要托愿意帮忙、助人为乐的司机。

海米早已收到。

你妈将于本月 16 日去北戴河休养，月底回京。

我于本月中旬将参加全国总工会召开的九届四次执委会议，又忙一阵子。

欢迎你们回京走一走，任何时间均可。

家中老少均好。你妈、毛孩问好。问丽华父母好。

夏安

爸爸

1982 年 7 月 8 日

一九八三年三月十七日

小勤、丽华：

你们好！

有件事早想告诉小勤，因年老多忘，以致耽误。

事情并不复杂，就是小勤一定要坚决地把抽烟、喝白酒立即戒掉。抽烟喝酒是有百害而无一利的。据文字报道，喝酒必短寿，抽烟人的寿命平均要比正常人少活八年，况且小勤健康情况不好，工作学习又忙，更不应抽烟喝酒，想喝可喝葡萄酒或啤酒，而且也不要多喝。

我是抽烟喝酒的受害者，后悔已晚，害得我引起肺气肿、冠心病、肺心病等。忌烟开始时有点不好受的，但一定要战胜它。主要是要有绝不动摇的决心。

我是这样戒烟的，想抽时，我就下楼去散散步而分散烟瘾，决心不买烟，不拿烟，或去找人聊天，或是看书，熬过三天就解决了。戒酒更简单，我根本不买酒，几天后就解决了。

总之，在最短的日子里，要决心把烟酒戒掉。我是要不断写信问你的。

丽华要时刻督促他改掉这个坏习惯。这主要还是靠小勤的决心。想抽烟时，拉拉手风琴。

预祝小勤戒烟戒酒成功。

我体重严重下降，现仅有 78 市斤了，真是皮包骨。现今在家等积水潭医院的电话，高干病房空出时，我去住院检查治疗。

家里一切如故，希勿惦念。妈嘱笔问好。

问丽华一家健康愉快。

阿胶已收到。

春安

吴运铎

1983 年 3 月 17 日

一九八三年六月二十日

小勤、丽华：

十八日的来信收到，祝你们好。

家人均好，勿念。只是三个月来，实忙煞人了。记四月份开始，除会议和星期日外，应北京市机关、学校和工厂邀请，我是一天做一个报告。江西萍乡团市委住在北京催稿写了一份九千二百字的稿。还有天津、成都来京约稿的。我是白天做报告，夜半起床写稿。年老病多，真够呛。

为了一新产品的设计，我明天下午起飞去沈阳开会，准备于廿五日回京。回京后，打算去南口一机部果园休养，也借此躲起来写书。花盆不要再买了，我知博山瓷厂出产一种素色的瓷花盆，盆外也无装饰花纹，特别是要买两支深高型的，如图。如果没有则作罢。

问丽华父母好。你妈附笔问好。

爸爸

六月二十日

[附注]

写信时间不详。

致贤瑞

一九八二年六月十六日

贤瑞同志：

你好！

6月12日来函收悉。近三个月来，我实疲于工作，除开会和星期日外，我是一天一个报告，甚至一天作两次有关革命人生观的报告，现已排到7月8日了。北京的机关、学校及工厂多，邀请者不绝。

今年系安源大罢工60周年，为萍乡团市委约稿写了一篇九千二百字的回忆录。

“七一”将至，又为天津《支部生活》写了一篇纪念文。

没有写作时间，只得夜半起床写作，而且成都、长沙、《工人日报》、《北京日报》亦索稿甚急，均限期交稿。从而常引起心绞痛。今日上午不得不驱（车）去医院看看病，年老病多，实疲于应付。

源华煤矿在1938年的大罢工是我掀起发动的，我也计划写这一回忆录，以应湖北矿务局矿史编委（会）所约之稿。但因年久易忘，本有许多情况尚希求助原源华煤矿的老同志们，例如具体的时间，易介甫率警开枪，究竟死伤多少矿工等。这些还要麻烦你相助，请帮我收集罢工之材料。汉阳县先打算从1900年写起，你父及高伯父是我汉阳名人，他们对国家和人民是有过贡献的。据说，高伯父救黎元洪脱难，还是他亲自驾驶火轮脱难的。总之，希你能写他们的一生贡献。写成后，请先给我一阅。

你要的照片纸等星期日孩子们回家后，进城去买到寄上。

健康

吴运铎

1982年6月16日

致孙恂

一九八二年元旦前夕

孙恂同志：

你好！

我怎能收他（王殿兴）的辛苦钱？真是却之不恭，受之有愧。经考虑，我代表王殿兴同志将20元赠款转赠给“北京病残青年俱乐部”作为办公费。与此同时，我给王殿兴同志写信致谢，让他“不要慨叹生活的痛苦！——慨叹是弱者”……并书写了一副题词‘峰高无坦途，我当自奋力’，勉励他要正确对待自己，正确对待他人，清除社会对残疾人的种种阴霾，横扫荆棘，奋力攀登科学高峰。

致

近安

吴运铎

1982年元旦前夕

[附注]

王殿兴同志是盛产苹果的辽宁省前所果树农场青年工人。1982年元旦之前，他去邮局给吴运铎寄苹果，以表达对吴运铎“每信必复，并且都是在接到信的当天就给我写信”的感激之情。但邮局的同志说“天气太冷，暂不办此项业务”。王殿兴便从当月工资拿出20元，寄给吴运铎，并写信说：“无论如何请您笑纳。新年将临，我身在外地，不能在您老身边为您分忧解愁，请您用这钱买一些节日用的食品吧！”

100

一九八二年十月三日

孙恂同志：

你好！

读了你的信，欣甚。节后让孩子去看望你，很惦念你的病情。看了你的来信，又惦着你作复信之艰难。

得知你经济不宽裕，考虑你购书之困难，买书是要钱的。在朋友间互助，请不要客气收下（钱）买书吧。

我的活动日程已排到节后。过节后，定去看你。我很愿意为咱们病残人做点事，可是我对你们的情况一无所知，明后天我与高老（著名科普作家高士其）联系，我想他定会赞助的。总之，怎样干，请告知我。

前次信建议你专攻文学，只是考虑你的健康，唯恐加重你的病情，若能坚持则更好。湖南少儿出版社发行《小蜜蜂》杂志，你能否为该杂志撰稿？

听说你兄嫂、姐姐们不和你在一起生活，是何人帮助料理你的生活？又听说，你还要自己做饭、洗衣，真为你担心，你要多多保重。

债台高筑，不知你何日能还清？我年老少眠，夜半起床弄笔，倒可免去难眠之苦。

致

近安

吴运铎

1982年10月3日

[附注]

孙恂同志是1982年“北京病残青年俱乐部”主要负责人。她曾是中央人民广播电台残疾人之友《孙大姐信箱》栏目主持人。从1999年起，她任中国残联肢残人协会副主席。

102

一九八二年十月八日

孙恂同志：

你好！

请你考虑一下，若不行，我们当立即着手筹办。

既有图书馆，就必须有办事员，最少也得有一人，这办事员在初创时，还得无偿地为病残人服务。

第一批书籍应买些何类的书籍，当然是为了我们朋友之间之需要，这也得调查研究一番。

去你家那天，有一小伙子到你家，年老健忘，好像叫“小马”，你告诉他到我家来聊聊。我家住在甘家口商场新华书店对面的大楼。他进院一问，大人、小孩都知道我的居处。恐我外出，来前可拨电话：894450。

写多了，再见

近安

吴运铎

1982年10月8日

一九八二年十月八日

孙恂同志：

你好！

频繁地给你写信，是会增加你的负担的，阅后你不要急于作复或不要复信。这两天，我老想着你的三大理想，其中办残疾人流动图书馆一举，我有个想法，由于经费困难，可以采取从小到大的办法。例如，先筹资 100 元（我负责），买 100 元的书，以后逐月增添书籍，像滚雪球那样越滚越大，你看可行否？

我家住在甘家口商场新华书店对面的大楼。进院一问，大人小孩都知道我的居处。恐怕我外出，来前可拨电话。

致

礼

吴运铎

1982 年 10 月 8 日

一九八二年十月十一日

孙恂同志：

你好！

信悉。图书馆之创办，我当着力筹款百元，买百元之书做基础，以后使之日趋扩大。

只是要能找一办事人，还得制借书证，刻图章等事项。

戚庆莲约你写材料，希你速写交与她。我意可告知戚庆莲同志，让新华社发一内部参考，使中央北京市领导关心残病青年之要求。

以后我当多与吴国兴同志联系，盼你多自保重。

近安

吴运铎

1982年10月11日

[附注]

此信落款时间未有年、月，只写“十一日”。据信的内容，是8日写信，三天后又补写一封，故断定是1982年10月11日。

一九八二年十月十三日

孙恂：

你好！

我是较忙的。一天作一次报告，已排到本月 28 日，忙一点总是幸福的。

前日，服药过敏，摔了跤，右耳撞在镜框上，撞裂一条缝，流了一点血，没事。

忙过这一阵子，我再去看望你。还希望你能来我家做客。我们可抬你上楼。

我们的俱乐部图书馆和就业问题，并不是轻而易举的，还得要我们自己努力。近日，你的健康情况如何？勿念。

致

礼

吴运铎

1982 年 10 月 13 日

106

一九八二年十月十六日

孙恂：

你好！

昨日去中国人民大学一分校作报告，见到宗同志，我告诉他去你家，帮你安装取暖火炉。有事可请他代劳。

你们的图书馆书籍不多，暂不必腾出你家的住房，待将来书多了再说。我还想请化工设备厂做两个较大的书架。

等春暖花开之际，我接你来家做客。

吴运铎

1982 年 10 月 16 日

一九八二年十一月二十二日

孙恂同志：

你好！

流感袭人，未能幸免。来势突然，且剧烈。我这辈子可说是头一回。病发时，突然右手止不住颤抖，体温上升至39.3℃。随着我的老年哮喘病恶性升级，气阻胸塞，像一条上了岸的鱼，张口翕腮，喘得上气不接下气。

连日来，经吃药打针，病情已渐缓和。昨日下午才下床，去医院透视、验血，白血球高达13000多。医生留我住院，但又无病床。近三天来，病情渐趋好转，也就不打算住院了。我仍在家治病，医生、护士每日来家。

芦莉和吴国兴同志来家看望，谢谢你们的关怀。

接《十月》杂志编辑，田珍颖同志信，她想访问一有志的病残人，为我们病残人说说话，也是好事，但我因不了解情况，你们是否研究一下，确定一病残同志与她一谈。

人选确定后，请你写信或打电话直接与田珍颖连

(联) 系。

光明日报出版社赠书《新一代的理想之歌》十册，若有便请来家取书。

你的来信均收到，感谢你的关心。待我痊愈后，再去看望你。听吴国兴说，你的感冒病已好，欣甚。我们是弱不经(禁) 风的人，别小看了感冒，须多保重。

是否去疗养，待病告一段落后再说。

闹一场病，又耽误了许多事。盼你多多保重。

祝好

吴运铎

1982 年 11 月 22 日

一九八二年十一月二十六日

孙恂同志：

你好！

送来有关部门捕蟑螂器及鼠头资料，鼠头之结构倒也简单但灵敏度并不高。捕蟑器之原理我尚未想通。上周北京市一轻局团委的同志来我家，要我为他们局的青年搞的发明创造展览会题词。据说，有数百项，若我们办厂采用他们的发明项目生产，他们可作技术转让。介绍了几个项目，但大多数需要机床设备才能生产，没有许多的开办费是不好办的。倒是有一项：泥塑（用泥捏成之京剧脸谱及猫、兔等小动物）很合适。据说在国外销路甚好。一轻局有一个青工会捏，可派人去当学徒。读来信，得知申沛农同志善剪纸，这就可结合起来办一个病残人工艺美术产品之工厂。这种工厂小本经营，亦适合病残人之劳动。希望有机会能与申沛农同志①说说，也希望能见到他的大作。

得知你们投稿《光明日报》，这真是一件大好事，希力争搞好“病残者怎样生活才能有价值”的讨论。

致

礼

吴运铎

1982 年 11 月 26 日

① 著名剪纸艺术家申沛农于 2001 年 5 月 8 日病逝，终年 65 岁。

一九八二年十一月二十八日

孙恂同志：

你好！

信悉。中医出版社的赠书收下就好。田珍颖要和你谈，你就谈吧！盼多为病残人呐喊，我祝你成功。

关于病残人基金会一事，却只想到能为北京病残人筹到基金即可。可是近接东北一病残青年来信，要我向全国呼吁，建立我国“病残人基金会”。将该奖金建立——我国“病残人大学”。我能否完成这个任务，信心不足。

田珍颖同志建议由费老作为政协提案发起。待病痊愈后，我去找费老聊聊。

替小明送上图书馆购书费30元。所托新华书店购书已告一结束（购书单不日寄给你）。让吴国兴等同志进城去书店跑跑。

送上光明日报出版社赠书十本。另《语言文学自修大学讲座》是给你学习的。

代我问诸病友好

冬安

吴运铎

1982 年 11 月 28 日

一九八二年十二月十八日

孙恂同志：

你好！

接吕争鸣的电话，他似乎在参加团中央的十一大会议，问我有何提案？我告诉他，请他为成立病残青年俱乐部一事向大会提出。盼能早日得到政府部门的支持。

一个人做了一点好事，总是会有人说长道短的。这次中央人民广播电台播出《把一切献给党》后，收到许多赞扬的信件，但也听到一些喊喊喳喳。总之，自己应有自知之明，不论是过去、今天，我做的都是我应该做的，根本不需要嚷嚷，我写《把一切献给党》也是奉命写作的。人的一生，总是有好的一面，但也难免有不足的一面，这就要正确对待了。除此，桑榆晚年，我只想默默地为党、为人民做点有益的事而已。我为病友做一点微不足道的事，希望今后不再向人提及，我自己更应该注意。

吴运铎

1982 年 12 月 18 日

致吴国兴

一九八二年十月十一日

吴国兴同志：

你好！

关于建立我们的图书馆的具体措施，盼你能来家商量谈一下。这些日子里，我每天都有报告，你能否在 13 日的上午、14 日的下午或 15、16 日上下午来我家一叙？由于每天都有社会活动，你来我家前请拨电话：894450，恐我外出散步或去医院，最好是你见信后就给我来个电话。在我们“朋友之间”你堪称是“小伙子”，就得烦你多跑腿，我们的事，也就是只有我们自己干，对吗？等着你来电话，代我问朋友们好。

近安

吴运铎

1982 年 10 月 11 日

[附注]

吴国兴同志于1982年10月至12月负责“北京病残青年俱乐部”外联工作。

116

一九八二年十一月二十二日

吴国兴同志：

你好！

19日下午，我去积水潭医院就医，医生为我透视（肺炎）及验血（白血球高达13000多）。医生留我住院，但又无病房，只得回家治疗。每日服药打针，病情已渐好转。为避免二次感冒，我仍不敢下楼。

关于病残人就业问题，现今虽想在海淀办个小厂，但因产、供、销问题一时难以解决，因而我也在考虑自做产品。前曾听你说起搞点什么时新产品（如捕蟑螂器等），不知你是否能找到一些产品的资料，以资参考。

暇时请来我家一晤。

近安

吴运铎

1982年11月22日

一九八二年十二月十九日

吴国兴同志：

你好！

请速来我家取北京一轻局举办的青年“四小竞赛主要成果简介”的展览会参观票（还有说明书）。来前先给我家来个电话，恐我去医院看病。

致

礼

吴运铎

1982年12月19日

致李华

一九八二年十月十四日

李华同志：

编辑部转来的信收到了。你在信中谈到一些“恼”，诸如少先队辅导员有没有前途、出息等等，我很理解你的心情。

我过去是造枪炮的，现在年纪老了，离休了，更理解为祖国共产主义事业培养接班人的重要性，我在几所学校当了校外辅导员。由于接触多了，对辅导员的工作、学习有了些了解。辅导员工作确实是繁重的，而且工资比较低，社会上有些人还不很重视。但是，这不是我们这个社会的必然。知识分子、科技人员、思想工作者……在那时候不也都被打成“臭老九”吗？不也都在社会上受到歧视吗？何独教师与辅导员！随着四个现代化的建设，知识分子、科技人员的重要性体现出来了，受到了社会的普遍重视和尊敬。那么老师和辅导员呢？党和人民也是尊重的。党中央每年请中、小学教师和辅导员到中南海开座谈会，慰劳并倾听意见。党的十二大文件着重指出要建设社会主义精神文明。文化建设和思想建设不就是辅导员的本职工作吗？以共产主义为核心的精神文明被提上重要日程，那么，作为“学习共产主义的学校”——少先队的辅导员，也一定更会被社会所重视，你说是吗？

其实，我国人民自古以来对老师是尊敬的。我小时候上学，还有一块“天地君亲师”的牌位，那是要对它烧香磕头的。在社会主义制度下教师的作用就更加重要了。因为老师不但教授知识，还要引导怎样做人，所以一个人的一生和老师的教导是分不开的。我经常遇到一些学生家长，有一个孩子的爸爸是位科学家，他就告诉我，如果没有辅导员，他这科学也研究不下去。因为辅导员通过少先队活动，在思想品德、树立理想、引导对知识的兴趣、培养良好习惯等方面，对孩子做了许多工作，使家长放得下心来，一心一意搞好本身工作的研究。他讲得很诚恳，不由得使我感到我们辅导员确实是很实际地在为社会做贡献。有些老同志告诉我，现在有一些家庭，父母只注意孩子的学习成绩，问他一加一等于几，如果回答等于二，就高兴得不得了，认为是“好孩子”“乖孩子”，至于孩子品德如何，有没有正确的理想，就不很管了。有的独生子女在家里更是飞扬跋扈，为所欲为。这些同志说：“培养孩子不比你们做枪炮，多少口径，电子计算机一‘拨拉’，就计算出来，照着做不会出差错。教育孩子是门复杂的学问。父母一辈、祖父母一辈、整个国家对你们寄予厚望啊！”同志，上面举的这些，才是真正的社会舆论和社会对我们辅导员的期望！因此，我们就没有必要自暴自弃，自己轻视自己的工作。

我还想和你谈谈“前途”这个题目。年轻时考虑“前途”问题是正常的。当年我在新四军的军修械所，每天做什么呢？捡废铜烂铁，拉风箱打铁；锉刀锉锉，车床弄弄。生产的不外乎是子弹、手榴弹，枪榴弹就算是新发明了。年复一年从事这些劳动，看起来是十分平凡的，也是很单调的。但大家有一个认识，不做枪炮就打不走日本侵略者。是这样一种精神支柱使我们获得胜利。我们当年拉风箱打铁，现在有了先进的军事工业，有了研究所，谁能说拉风箱没有前途呢？……你可能会说：“你们处的时代好啊！抗战时期，一切都要发展。”是的，我们是处在一个发展的时期。然而现在呢？四化建设正在开展，党的十二大要求建设精神文明，文化建设和思想建设要从儿童一代扎扎实实做起，这难道不也是一个发展时期吗？是比我们当时更高一层的发展到共产主义的新时期。不是更可以大展身手吗？你可能又会说：“你们学的是技术啊！是老南瓜，越老越甜；我们辅导员一天跳跳蹦蹦，做做思想工作，是老丝瓜，越老越空。”我在与一些青年辅导员相处时，也经常听到这些类似的说法。于是，我觉得这里有两个问题需要弄清楚。一个问题是辅导员是不是老丝瓜，越老越空？从我做这几年校外辅导员的感受来看，我认为不是。少先队工作是一门学问，辅导员要懂得教育学、儿童心理学，要拥有历史、地理、文学、艺术、科学……各方面的知识，越老越学越丰富。当然，比如科学家或者教某门课的教师，学的是专一的知识，在这个知识范围中能够积累、提炼出一整套理论和经验；辅导员是根据儿童教育的需要学习各方面的知识，看起来很杂，但是围绕儿童教育，也同样能积累和提炼出一整套理论和经验。我接触过好些有学识、有经验的老辅导员，发现他们对辅导员工作都很热爱，即使调离了这个岗位，谈起来仍然恋恋不舍。我研究他的原因，原来就在于此。因为辅导员工作积累的知识和经验对他有用。他们中现在有的是教育领导干部，有的成了儿童文学作家，由于长期与孩子相处，了解他们，熟悉他们，工作起来就得心应手，脑子里有头绪，手里有典型，处理问题有办法。所以当辅导员时间越长，越能理解这工作的重要性和知识性，就越能产生爱的感情。另一个问题是如果辅导员确实像老丝瓜越老越空，是否就没用了呢？丝瓜老了就成了丝瓜络，不像老南瓜那样自身储满甜汁，但是对别人对生活呢，却是很有用的。丝瓜络可以入药，可以擦器皿，孕育的籽可以发芽生长成鲜嫩的小丝瓜。人们从来没有遗弃过老丝瓜，正如党和人民从来没有忘记过真正为人民做出贡献的同志一样。

我为啥要作这些比喻呢？因为这里涉及对“前途”“出息”的认识问题。

什么叫前途，什么叫出息？有前途及出息是标志着自己的工资高、职位高、个人荣誉高，还是自己的劳动确实对人民、对社会、对共产主义建设起到了作用，有了贡献？我认为应该是后者而不是前者。我的大半辈子是在部队里度过的，对战士比较了解。一个战士在冲锋时，他也知道冲锋可能要死的，而生命对于自己却只有一次。是什么精神支柱使他这样做呢？是实现共产主义的理想，是建立一个人民共和国的崇高事业。千万人怀着同样的理想，在千百次战斗中不计较自己的得失勇往直前，就能实现这个崇高的事业。我想，辅导员也是这样的，为了培养祖国的新一代而献身，要有这样的精神支柱，才能经得起考验，才能在自己脑子里树立起共产主义的理想。我经常这样想，全国二百万辅导员，辅导着两亿一千万少年儿童，如果每个辅导员都以献身精神全心全意做好工作，十年后，这一代少年儿童走上了建设岗位，四个现代化确实是不难实现的。这就是党的十二大规划的祖国的大前途，每个人的前途是与它紧紧相连的。大前途有了，社会前进了，富足了，还愁个人没有前途、没有出息吗？我现在也是一个辅导员，教育后代的工作看起来并不轰轰烈烈，但当想到我确实是站在教育战线上在为实现共产主义而战斗，我就觉得自己不愧是一个战士。

但是，有的人并不能理解这样的道理。他们认为共产主义还远，看不到、摸不着，像天上的月亮，好是好，拿不到手。于是就不肯为它奋斗，出力气。其实，我们每人每时都和建设共产主义分不开。走在路上，昨天还是一片平地，今天盖起了高楼大厦，这不就是社会主义建设吗？社会主义就是共产主义的初级阶段啊！再读读报纸，每个省都有几千几万的中年知识分子有创造发明；几千几万像赵春娥那样的同志在涌现出来；几千几万个青少年舍己救人……这不都是社会主义精神文明建设成就吗？他们在思想品质和学识上的成功不都是有老师、辅导员的一份心血吗？我们的工作，就是这样在为共产主义添砖加瓦。

一个人能看到自己的力量和成绩，就会对自己的事业充满信心。

我写得太多了，不知能否对你有一些帮助。

吴运铎

1982年10月14日

[附注]

此文是吴运铎同志收到《辅导员》杂志社转给他的信之后，针对提出的问题，写给青年辅导员李华同志的信。

致王国新

一九八三年二月十五日

王国新同志：

你好。你 12 月 17 日的来信，上周才转来。耽误太久了，使你等急了。

我患肺炎，住进了医院，自顾不暇，这封信只能在医院里写了。

人生的道路总不是一帆风顺的，经常伴有不幸的逆境。但一个在逆境中的年轻人又应该怎样生活呢？无数同志的事实告诉我们，我们不是什么残疾人，我们是生活的强者，因为我们这些缺胳膊少腿的人，始终在以顽强的毅力而拼搏着。

自我参加北京青年病残人工作之后，看见我的病友都是生活的强者。他们即使在极端困难中，也从未想走毁灭自己的绝路。你是个青年人，要经得起逆境的考验，千万不可作轻生之想……

被团中央誉为模范共青团员的钟铧同志，是个不满 20 岁的女青年。她患有血癌症，谁都知道这是不治之症。在死亡的威胁下，她仍是努力地学习，顽强地生活和工作着。她说：“即使我明天死去，今天我还要给同学们留下我的笑脸。”疾病的折磨，死亡的威胁，她始终是一如既往，从不产生厌世的错误想法。病残朋友们动人的事迹是很多的。前些日子，我在报纸上读到一位失掉一双胳膊的年轻人，他竟能将自己一双脚板放在桌子上，用脚趾当手指，拿起工具来修理钟表。许多残疾人的事迹，使我深受感动。我愿向他们学习一辈子。

国新，丢掉你那不切实际的想法，不悲观，不颓丧，也不怨天尤人，鼓足勇气，拼搏吧！要千方百计地练就一项能为人民服务的技能。为祖国、为人民做出贡献，即使自己的贡献是微不足道的，但也不愧为是个战士。

你的胳膊能否安装有手指活动的机械手呢？能否学习外语做个翻译呢？你能否……

祝你进步！

吴运铎

1983年2月15日

[附注]

王国新同志在黑龙江省萝北县农场劳动。小时候，被火烧成双手残疾。成年后，失去了生活的信心，想以死来结束一生。他曾多次给吴运铎写信，叙述自己内心的苦闷。吴运铎同志多次回信疏导他，让他树立信心，勇敢地面对生活。

126

一九八三年三月五日

国新同志：

你好！

由于我的健康状况欠佳，没能及时复信，歉甚。自读你的来信后，我心里悬着的担忧事总算放下来。我觉得你今后千万不能胡思乱想，要振作起来，努力学习，在逆境中培养锻炼成一名有用之才，为社会主义祖国尽力。

你来信让我帮你找点体育方面材料，我因为对体育方面了解不多，希望你来信说明，要些什么材料，请具体说明，以使我托人去找到寄给你。

不知订阅《体育报》没有，今寄10元钱，作为你买书订报用。最后盼你努力学习，加紧锻炼身体，早日自学成才。

祝

进步！

吴运铎

1983年3月5日

致朱宪臣

一九八三年二月十六日

朱宪臣同志：

你好！

来信悉。我的所谓肺癌，经验痰三天，结果没有能找到癌细胞。一场虚惊，只好苦笑而了之。

这次病后，迄今仍常感不适。准备在近日里去医院检查，弄清楚究竟是何病。近两年来，我体重由 116 斤，降到 96 斤，现今仅剩下 80 斤。茶饭不香，四肢无力。我感到是有一种病而引起的，弄清了，我也就心里踏实了。

关于大作，我已托赵长安同志多帮助。打算先找一出版社编辑过目后，提出修改意见。常言道“文章是改出来的”，你当有思想准备。

我浏览了几页，觉得应将可有可无的章节删去一些，文字少点，质量就会高点，成功的可能也大些。鲁迅先生说得好，即使有一个可有可无的字，也该去掉。你说是吗？两种办法请你考虑，一是你找个助手合作，根据上述意见，重新修改一次。再交编辑审阅。另是先送编辑审阅，并请审阅者提出修改意见，再加以修正润饰。你认为哪种意见好，可来信告知，争取书的出版，我当竭力而为。

祝好！

吴运铎

1983年2月16日

[附注]

盲人朱宪臣，没有进过盲校，完全通过自学学会盲文。

几十年来，他仅凭一个破旧的电子管收音机，学习了时事政治、文学、艺术、天文地理、京剧曲艺、作词谱曲。他创作了三四部电影剧本，一部33万字的小说，虽然未发表，但是不少病残人仍称他为天才的“盲人作家”。

1989年11月15日病逝，终年49岁。

致张海迪

一九八三年三月

海迪：

3日那天的见面，时间虽然很短，你却给我留下了非常深刻的印象，使我很高兴。

昨天，又听到团中央给你的命名，使我更加高兴。这是多么令人羡慕啊！

我觉得，你是无愧于这一光荣称号的。

2月5日《工人日报》一来，我就一口气看了两遍，很受感动，我的心情是很激动的。

激动什么呢？我想，同样是青年人，同样都是经过十年内乱的青年人，却有着这么大的差距！大多数人固然是忧国忧民、为国为民、奋发有为，在为振兴中华的长征中做出了许多贡献。但也有个别的人却仍然怨天尤人。

你是党和人民哺育成长起来的新一代的优秀代表。尽管你没有上过学，却学习了三四国文字；尽管你的疾病是那样严重，你却坚持不懈地为人民做了那样多的工作，成了治病救人的人民医生。

我是很理解的，要做到和一个健康人能做同样的工作，你是要付出比他们多得多的劳动的。其中的困难可想而知。

困难（包括疾病），是很能考验一个人的。在困难面前摇头、退却的人，和对困难逆来顺受的人，从来不可能成为生活的强者。一个强者，他必然是困难越大，他拼搏的劲头就越大，并且，他总是能够战胜困难，总是胜利者。

从你的情况来看，你完全依靠父母过日子，也能够过得很好。可是你认为："只要心在跳动，我就要努力学习和工作，顽强地与疾病抗争。相信我是一个胜利者。用生命的火花去照亮通往美好未来的征程。"你是这样说了，也是这样做了，而且做得很出色。

这些天，我时常想，我们的时代，的确是一个英雄辈出的时代，这就使得不仅仅是健康的人们，就是残疾的人，只要他有一颗强烈的振兴中华的心，就都能为国家做出贡献。青年人更是这样。只要他尽了自己的力量，那么，即使他的贡献是微不足道的，他也不愧为"战士"的光荣称号。

我们时代的青年人，都有远大的理想，而只有具有远大理想的人，他的精神才永远是充实的。这理想，就是为人民的幸福、为国家的富强而奋斗、而献身。

还有，我们有着一种相互帮助的新型的社会关系—— 一个温暖的社会大家庭。这一点，是那些仅有高度物质文明而没有社会主义精神文明的国家的青年所望尘莫及的。你看，自从你的事迹登报后，有多少人向你伸出了友谊的手啊！

我觉得，这不仅仅是你一个人的幸福，还是我们全国青年的幸福；这不仅仅是你自己应该骄傲，我们全国青年、全国人民都应该为我们能有这样的党、这样的人民、这样的社会制度而骄傲！

吴运铎

1983 年 3 月

一九八三年十一月二日

海迪：

你来信，使我很高兴。我和工人日报社的同志时常通气，对你的情况还是了解的，也是放心的。但是，我仍然禁不住要惦记你，时常想打听你。主要是惦记你的身体。

正因为这样，我不把你的这封信看成是一般的来信，我认为是喜讯。

特别是你说的肺活量达到了 2800，这是出乎我的意料的，因此，是喜出望外的。这说明你的健康状况是相当好的，可喜、可贺、可贵。

这一点，你千万要珍重才是。身体好了，才有为人民服务的本钱；身体好了，才能为人民做出更多的贡献；身体好了，才有可能把你的书写好。

正因为这样，我就不大赞成你明年参加运动会的打算。平时做些适当的运动是必要的，要坚持，甚至要有一定的规划，但是，参加运动会的打算却值得考虑。因为，我知道你好强，好胜，但是我觉得，这个打算势必会使你分散精力，势必会成为你的负担。我认为，你还是坚持做一些一般的锻炼就行了。我还想，真的去参加运动会，搞好了，当然好，万一搞不好，那可就难说了。这可不是闹着玩的。

为什么我要和你唱反调儿呢？因为您有着更重大的任务——写书结束，这是首先要保证的。你现在所坚持的一切力所能及的活动、运动就够了，和写书的任务是相适应的。运动会的打算恐怕不仅不会对你写书起保证作用，反而会分散你的精力。

你能在写书方面做出贡献，这是很重要的，这是任何人都替代不了的。一本好书，可以影响好多的人啊！所以，你一定要把书写好。我也相信你，一定能把书写好。我早就有重新写《把一切献给党》的打算。可是，因为我的杂事太多，也因为我的身体不争气，至今未能开工，这已经成了我的一块心病。你已经开始写了，而且党组织为你创造了这样好的环境，这是十分可贵的，应该格外珍惜这个机会。

本来，我想早日给你写信的，可是，恰好你来信时我住在医院里。我要在医院给您写信的话，反而会给你增加负担，使你为我操心。所以我就想出院后再写。但是，一出院我就参加了中国工会第十次全国代表大会，一开会，就忙得不亦乐乎了。除了会议本身外，来自全国各地的代表纷纷来访，大有应接不暇之势，这样，写信的事就只好拖到了今天。

不过，从这情况你也可以看出来，我的身体还是可以的，请您放心。

我等着看你的书。

请带我问你父母好。

吴运铎

1983 年 11 月 2 日

致游风秀

一九八三年三月

游风秀同志：

你好！

我非常同情你的不幸，但你千万不要自暴自弃，更不能厌世轻生。你患耳疾，是你的不幸，并不是你的罪过。你要抬起头走路，做生活的强者，现在不是有很多残疾青年，身残志坚，在为振兴中华努力拼搏吗？

祝

礼

吴运铎

1983年3月

[附注]

游风秀是湖南省资兴矿务局宝源煤矿理发室的理发员。13岁时，她因患肺炎住院治疗。一次医疗事故使她耳朵听不清声音。

1983年2月，游风秀读到《中国青年报》上刊载《当代中国的保尔——吴运铎关心残疾青年》一篇报道，非常受感动，便写信“把自己的情况告诉吴运铎，看他能不能帮我解脱一点忧难”。

吴运铎跟游风秀联系半年多，给她写了六封信。第一封信里就主动提出要帮她买个助听器。那年春节前夕，吴运铎用航空给她寄去了买的助听器。

致红英

一九八三年九月十九日

红英同志：

编辑同志把你的信转给了我，要我答复。我的意见，仅供参考。

你提出了理想和“实惠”的矛盾，或者说是想上大学又舍不得少收入两千元的矛盾。究竟应当怎样看待这个问题呢？

我以为青年人应该有一个远大的理想。什么是理想？我在1979年8月给《工人日报》写过一篇文章，其中提道：“理想，就是人们奋斗的目标。每个革命者，特别是青年人，应该怀有远大的革命理想。这个理想就是：为实现四个现代化，以至最终为实现共产主义而奋斗。”你想上大学，严格来说，只能说是一种志愿，是实现远大理想的一种途径，而不是最后目的。志愿应该服从于理想。如果你上大学是为了学到更多的本领，将来好为四化多做贡献，那么你这个志愿和革命理想是统一的。你的问题就比较好解决了。

现在的问题是，你在升学与继续工作之间犹豫不决，主要是考虑眼前的那点“看得见、摸得着的实惠”两千元钱。我不知道你目前家庭经济上有无实际困难，我的意见是，你目前可以不必勉强去报考大学，在工作岗位通过上业余大学、函授大学等走自学成才之路，也同样可以实现自己的远大理想。如果你家庭经济并不困难，仅仅是舍不得那两千元钱，我觉得这样考虑问题的出发点就很值得研究了。

我在前面说过，青年人总应该有个远大的理想。在革命事业和金钱之间，应该如何选择，许多革命先辈为我们做出了榜样。像中国无产阶级革命家、中国共产党早期农民运动领导人之一彭湃同志，家里是广东海丰县有名的大地主，但他为了投身革命，把家里的田契，当众烧毁；把金钱财物无偿地分给农民。著名作曲家冼星海，为了积极投入抗日救亡运动，创作了许多革命歌曲。国民党当局派人以重金收买他，妄图叫他创作一些靡靡之音。冼星海同志坚决表示：“我有我的人格、良心，不是金钱能买到的。我的音乐要献给祖国。”是的，为了实现共产主义理想，完成历史赋予的重托，有多少人舍弃家庭，离开亲人，投奔革命，卷入战火硝烟的斗争中。我自己在日寇入侵、国难深重的时刻，于1938年参加新四军。在新四军军部的修械所里，每天为革命制造枪弹。当时，我们夜以继日地工作，为的是什么？还不是为了革命理想：早日消灭敌人，建立新中国。那时我们这些人谁还去想什么个人的金钱、“实惠”呢？

今天已经不是革命战争年代了。我们当代青年人的任务，就是为实现四个现代化而奋斗。要完成这样一个任务，就必须学习科学文化知识，这虽然不像过去那样需要抛头颅、洒热血，但也并不是轻而易举的，同样要碰到革命利益与个人利益的矛盾。南京工学院讲师韦钰，为了祖国教育科学事业的发展，不顾自己是39岁的年龄、两个孩子的妈妈，毅然离开了家庭，去西德进修。在她获得博士学位后，不受重金聘请和优厚的物质生活引诱，为振兴中华，回到祖国，正确处理了革命利益和个人利益的关系。这样的同志，我们还可以举出许许多多。和他们对比一下，你的问题是不难找到正确的答案的。你的理想和“实惠”的矛盾，上大学和两千元的矛盾，实际上也就是革命利益和个人利益的矛盾，长远利益和眼前利益的矛盾。个人利益服从国家利益，眼前利益服从长远利益，对一个革命青年来说，应该是理所当然的。

红英同志，你无论是上大学，还是继续留在工作岗位，现在你应该着重考虑的是，自己怎样才能多学一些文化科学知识，怎样才能为国家、为人民多做些贡献，而不应该在金钱、“实惠”上兜圈子，老是斤斤计较将来自己能拿多少钱。现在社会上有一股“一切为了钱”“一切向钱看”的不正之风，你在理想与“实惠”的十字路口上徘徊达三年之久，其原因就是受了这股风的影响。希望你挺起胸膛，顶住这股歪风，不要被它刮倒。

祝你进步

吴运铎

1983 年 9 月 19 日

[附注]

红英同志是一位广东青年。1975 年，他进了服装工艺厂当学徒。粉碎“四人帮”后，国家实行了招生制度改革，他想考大学的理想之火又被点燃了。可是有的好友劝他不要去，还帮他算一笔账：如果考上了，按五年学制计算，就比当工人少领 2000 多元（每月奖金还不包括在内），面对现实的“实惠”，不能不考虑。但他又舍弃不了上大学的理想。怎么办？他给《工人日报》写了一封信。

报社编辑部认为，这封信在当时非常有代表性，便转请吴运铎同志给解答。

致秦彦

一九八六年六月十三日

秦彦同志：

你好！

来信收到，感谢你的关怀，正如你说，去年十一月间，我患感冒转肺炎时，不佁（仅）治疗不及时，且在发烧时，硬挺着去作报告，更加又不注意休息。弄得骨瘦如柴，体重下降。

由于严重的消瘦，去首都医院住院。查清病因，经多方面的检查，结果并无癌症。

出院后，我应天津团市委邀请，到天津待了六天。回京后，又被沈阳“东北工学院”拉去待了四天，回京后，我仍是不思茶饭，一天只吃三两，体重继续下降。中医研究院让我去住院，我因住院较多，不想去，就在家进行自我治疗，采取少吃多餐，每天吃六顿，并坚持做两次工间操，不料很快收到好效果，一是食量增加，早餐吃了两个油并（饼），一个鸡蛋和半磅牛奶，吃一个苹果。中午吃一碗面条和一个西红市（柿）。晚饭吃一碗米饭，睡前还喝一碗苞米粥。近日来，体重渐趋增加，四肢行动有力，我当继续坚持下去，今年我不想外出疗养了。

我戒烟四年了，酒也不喝了，今后也坚持不抽烟不喝酒，只是社会活动还得设法减少。

前给小勤和丽华一信，但迄今未见他们来信，家里也常惦记着他俩，不知小勤是否出差？

家里买了廿寸的彩色电视机。原有的十二寸黑白电视想送给他们，不知何时你厂有人来京，顺便能带给他们。请转告他们，并来信，以免家中惦记。

不多写了，陆平嘱笔问好，祝你们一家老少健康愉快。问小勤、丽华好。

近安

吴运铎

1986 年 6 月 13 日

[附注]

秦彦是吴小勤的岳父。

致平定师范初师十八班全体同学

一九五四年十月七日

平定师范初师十八班全体亲爱的同学们：

给我的来信已收到。衷心地感谢你们对我的深厚关怀和信任，只是你们对我的评价过高。十多年来，在党的培养教育下，我惭愧自己为人民做得太少；虽然在过去完成了一些工作任务，这也是每个共产党员所应该做到的。这和我们祖国对我们的要求比起来，又显得多么渺小！

告诉你们，今年的国庆在首都是多么的壮丽和伟大：它标志着我们祖国正飞速地向着美好的社会主义前进。看到这些，想到过去的艰苦，也更觉得我们的祖国是多么可爱啊！

根据你们的来信，让我来谈谈几个问题：

正像你们说的，生长在毛泽东时代的青年，是多么的幸福和自豪啊！但是我们必须把这种幸福和自豪形成一股力量，让它鼓励着我们不断地前进。首先是要为祖国顽强而不厌倦地学习，打下人民教师的基础。这任务是光荣的，但也是极艰苦的。所谓学习，就是不停地战胜困难的过程；谁能经得起困难的磨炼，谁就是胜利者。要勇敢地向知识堡垒攀登，永不满足地去发掘它。

要劳动，要热爱劳动。任何美好的理想都是要通过辛勤的劳动才能实现。也只有劳动，才能带给我们美好的幸福。

锻炼好身体，随时为祖国准备好一切。

我们时代的年轻人，要认真地学习，要忘我地劳动，要珍惜时代赋予我们创造功勋的权利。生活不是驴推磨似的打发日子，如果今天不比昨天做得更好，学得更多，生活就会走向空虚。

感谢你们的信任，惭愧的是自己对你们的帮助太少。在今后我们要加倍努力，戒骄戒躁，为祖国的社会主义建设忘我地劳动，永不满足地学习。

我愿你们获得更大的成就，并祝健康，热烈地握手！

吴运铎

1954年10月7日于北京

[附注]

这封信是1979年《山西日报》记者部郭华荣同志推荐给《山西青年》的。吴运铎于1954年10月写这封复信时，郭华荣同志正在平定师范学习。他说：吴运铎的信，曾使平定师范的同学们热血沸腾，大家决心向吴运铎同志学习，把自己的青春献给伟大的党。

致乐至中学五五级秋高二班全体同学

一九五四年十月八日

乐至中学五五级秋高二班全体亲爱的同学们：

你们的来信已收到，感谢你们对我的关怀和信任。前次你们来信时，我正出差工作，没有及时给你们回信，希望你们原谅。

《把一切献给党》这本书，能给你们一些帮助，对我来说，也是极大的鼓舞和鞭策。我为人民做的工作还太少，虽然曾经完成了某些任务，也是由于党的教导和集体劳动的结果。我所做的正是千百万共产党员所应该做的，但党和人们却给了我很大的荣誉；我还被选为全国人民代表大会的代表，参加了制定我国宪法的工作。

五年来，亲眼看到我国人民在党和毛主席的领导下，用自己的劳动创造了这么多奇迹，并且正迈步走向社会主义社会。我真有说不出的喜悦。当然，在过渡到社会主义社会的大道上，并不是毫无阻碍，还需要我们加倍努力来战胜困难，用我们勤恳的劳动和顽强的学习来争取早日实现社会主义。

同学们，祖国的飞跃前进也激励我们要不倦地学习。学习不是轻松的游戏，需要战胜一系列的困难，谁能经得起困难的磨炼，谁就能获得胜利。因此，我们必须树立起全心全意为人民服务的崇高思想，丢掉一切个人打算。在我们这个时代里，个人打算是最大的耻辱。追求个人得失的人，是永远也得不到满足的。他所能取得的只是颓丧、欺诈，甚至发展到堕落和可怕的毁灭。只有把人民的利益放在第一位，无条件地服从祖国需要的人，才有永不枯竭的精力来从事学习和工作，也才能获得最大的幸福。

同学们，我们要热爱劳动，戒骄戒躁。因为只有劳动才能给我们带来美好幸福的生活，骄傲只会阻碍自己的进步。任何美好的理想，只有通过劳动才能成为现实。一个真正的人，他对困难的回答是：坚决地战斗；他对战斗的回答是：坚持到胜利；他对胜利的回答是：永远谦逊。我们这个时代的年轻人，要忘我地劳动，顽强地学习，不要白白地放弃了时代所赋予我们为人民创造功勋的权利。生活不应该是驴推磨似的打发日子，如果今天不比昨天做得更好，也不比昨天学得更好，生活就会走向空虚。以后再谈。

祝你们

身体健康

并不断取得学习的新成就！

吴运铎

1954 年 10 月 8 日于北京

[附注]

四川省乐至中学五五级秋高二班同学，学习《把一切献给党》一书之后，受到了教育和启发。过去，全班 34 名同学，有半数同学考试成绩不及格，但读过吴运铎的《把一切献给党》以后，全班考试平均分数达到 79.2 分，不及格人数降低到 5 人。他们为了进一步向吴运铎同志学习就写信汇报了这一丰硕成果。吴运铎同志很高兴地给他们回了这封信。

致中国人民解放军兽医大学八〇队 139 名共青团员

一九八三年底

中国人民解放军兽医大学八〇队 139 名共青团员：

你们好！

来信收阅，因患重病，迟复歉意。

从来信中，知道你们队支部正在组织团支部学习十二大文件，开展“有理想”专题讨论，让我谈一谈怎样坚定共产主义信念，怎样在本职岗位上为共产主义事业做出贡献。

理想，就是人们的革命奋斗目标。每一个革命者，特别是青年人，应该有一个远大的革命理想。这个理想就是：为实现四个现代化以至最终实现共产主义大目标奋斗。个人的小理想，必须服从于建设社会主义和保卫祖国的大理想。理想的核心是生活态度问题，也就是人们常常议论的“人为什么活着”的问题。你们是想在人生的有限之年交出一份出色的答卷，还是只想个人的生活过得好一点，工资要多一点，工作要轻松干净一点，给社会交一份人生的白卷……理想不会从天上掉下来，它诞生在祖国和人民对自己的需要之中。我们每一个同学，一定要热爱本职工作，把本职工作做好。无论是做工，种田，搞科研，当兽医，只是分工不同，就其劳动来说，都是为社会主义劳动，都是受到社会尊重的，都是建设社会主义不可缺少的一部分……

“生活是多么广阔，生活是海洋，凡有生活的地方就有快乐和宝藏。”

致

敬礼

吴运铎

1983 年底

[**附注**]

1983年3月22日，中国人民解放军兽医大学八〇队学员139名共青团员，从吉林省长春市给吴运铎写信说："恳请吴爷爷在百忙中回封短信（哪怕三言两语也好）。这样，将对我们产生巨大的鼓舞力量，把我们的理想专题讨论引向深入。"为此，吴运铎写了这封信。

致北京的一位领导

一九八四年三月一日

给北京的一位领导的信：

中国人口多，地域广，大约有2000万以上的残疾人，相当于世界上一个中等国家。残疾人的就业问题，国家一时还解决不了。这是一个严峻的现实问题。我们如果能安排哪怕一个残疾人的工作，也是为国家分担了一份忧愁。

书亭占的面积实在微不足道，只有不到20平方米。地皮问题虽然是个棘手的事，可是为了残疾人的工作，这点地方是可以而且应该给的。

吴运铎

1984年3月1日

[附注]

女青年朱晓峰，从小患小儿麻痹症，瘫痪整整20年。她多么渴望在北京市海淀区西翠路口办一个书亭，为人民送上精神食粮。

吴运铎得知此事，觉得自己应该帮帮她，便主动为姑娘疏通上面关系。凭吴运铎的经验，给领导请示报告，必须从头说起，因为领导工作太忙，脑子里装的大事太多，书亭这种小事顾不上。于是信的开头介绍中国改革开放大格局，提出残疾人有2000万人，他们的就业问题是个重要问题。接着说就算只是帮助一个残疾人就业，也是为国家分了一份忧，解了一份难。信的后面引出他们需要20平方米地皮办个残疾人书亭。鉴于此种情况，市领导认为，此事虽小，意义却大，便开了绿灯。1984年4月20日，书亭开业，朱晓峰、钱明华、裴雅丽三位残疾人愉快地就业了，自此开启了残疾青年自强自立的新征程。

致工人出版社负责同志

一九八四年十月九日

工人出版社负责同志：

你们好！

《把一切献给党》一书，多蒙贵社指导和爱护，特致以衷心的谢意。

此书系1953年，在我等待去苏联实习前，在何家栋同志的帮助下写成的。因等待出国，时间所限只得简略地写了我的回忆录篇。

我已经中央组织部批准离休，在这桑榆晚年之际，想将《把一切献给党》一书补写，并想写到解放后的1966年的“文革”运动前止。

不知贵社今后是否继续发行此书，若您社不打算再版，则罢。请来信指示。

致

敬礼

吴运铎

1984年10月9日

[附注]

工人出版社总编室收到信之后，于1984年11月2日给吴运铎写了回信："来信收到。《把一切献给党》一书，目前国内比较畅销，我社将继续出版发行。您想将《把一切献给党》补写到1966年'文革'以前，我们同意。有关具体事宜，我们将派责任编辑和你联系。"

致一个大学生

一九八六年

给一个大学生的信：

人生最要紧的莫过于理想，理想是人生的灵魂。一个人仅仅有生命是不够的，如果没有理想，人就像一个干瘪的躯壳。但是对于人生最重要的，却总是你要走的下一步。一个人不可能设想分两步跨过深谷。如果止步不前，你就会充满苦恼和忧愁。如果（来）一个飞跃，你就会达到一个新的境界，赋予生活一种新的意义。理想不是什么虚无缥缈的东西，它是你未认识到的力量，或许是一片叶芽，尚未展示出蓬勃的生机；或许是一粒种子，正孕育着丰硕的秋实。它正等待着你迸发活力……

吴运铎

1986 年

[附注]

一个湖南籍的女生，考取了北京一所大学。在她学习、生活受挫时，感到理想、前途渺茫，便给吴老写信求教。

吴老见信后，一连回复她两封信。她经过自我省思，给吴老写了一封长信，畅谈对人生、理想和前途的新认识。吴老欣甚。

吴老的信写得精辟，鼓舞人心。由此，我想起习近平总书记在2015年的一次讲话：

理想信念是共产党人精神上的“钙”，没有理想信念，理想信念不坚定，精神上就会“缺钙”，就会得“软骨病”。

是的，每一个革命青年，都应该牢记这有益的隽语箴言。

致《长江日报》编辑部

一九八九年十二月二十二日

《长江日报》编辑部：

你们好！

拙著《把一切献给党》已由武汉电视台电视艺术中心和武汉金珠电视制片社联合搬上屏幕，我甚慰。对此，我谨向我的故乡——湖北武汉人民表示崇高的敬意！

祝《长江日报》越办越好！

祝湖北武汉人民新年快乐，身体健康，万事如意！

吴运铎

1989 年 12 月 22 日于北京

致秦永高

年代不详

给秦永祥的二哥秦永高的信：

永祥同志的牺牲地点是在安徽省盱眙县半塔集附近的一个地主家，名叫上何郢。当时的工厂就在这里，他任厂长。但他的坟墓不在当地，大概离工厂还有十多里地。因为永祥负伤后，当急忙送野战医院抢救，不幸还没到医院就牺牲了，因此也就埋葬在医院的附近了。

（以上秦永祥的牺牲地，是吴运铎和当时的装药员徐丽森同志共同回忆）。

[附注]

此信与1974年6月12日，吴运铎给秦永高回信略有不同（“上河营”与“上何郢”），以故择之。此信何时给秦永高不详，所以补其后。

摘自《“中国保尔”吴运铎的入党介绍人秦永祥》一文，作者系马培荣、陈福安，中华魂网，2020年7月21日。

致秦峰

年代不详

给秦永祥的侄子秦峰的信：

1938年秋，我们正在忙着建立新的兵工厂。这一天，我正在忙着布置俱乐部时，突然来了一位陌生的青年人，他自我介绍说，他是上海的工人……他诚恳、乐观，对革命事业忠心耿耿，我俩一见如故。从此，我们就工作、学习、生活在一起了。这位年轻的上海工人，就是你三叔秦永祥。

[附注]

此信是吴运铎回忆与秦永祥第一次见面时的情景。

摘自《“中国保尔”吴运铎的入党介绍人秦永祥》一文，作者系马培荣、陈福安，中华魂网，2020年7月21日。

后　记

吴运铎同志是我军兵工事业的开拓者，为我国国防事业的发展作出了巨大的贡献。

2009年，在庆祝中华人民共和国成立60周年之际，他当选“100位为新中国成立作出贡献的英雄模范人物”。2019年，庆祝中华人民共和国成立70周年时，他被授予“最美奋斗者”称号。

吴运铎是伟大的，但又是平凡的。他是千千万万普通百姓中的一员。他也要上班工作，与同事一起搞科研生产；他也要与朋友、战友交际来往；他也要吃穿住行，有病时要去医院挂号、缴费、取药；他也要关心亲人，教育子女成长。

这本《吴运铎书信集》收入他在中华人民共和国成立后写给战友、同事、朋友、青年工人、学生、教师、残障青年及自己子女的信83件。这些泛黄的信件充满深厚的友情和亲情，透溢着浓浓的大爱。他爱党，爱人民，爱工作，爱他人。既有思想高度、认识深度，又有人与人交流的温度。他给人传递一股暖流和温馨的祝福。正所谓“予人玫瑰，手有余香”。

阅读这本书，你会从中不经意间感受到吴运铎的风范、为人之道。他工作第一，敢于担当责任，陈述不同意见；光明磊落，不阿谀权贵，反贪拒腐；低调做人，无官架子；与群众打成一片，关心职工柴米油盐、生活冷暖；他艰苦朴素，乐观向上……

吴运铎无限忠于党，忠于人民，忠于无产阶级革命事业。让我们把吴运铎“热爱祖国，献身军工；不怕吃苦，不怕牺牲；刻苦钻研，精益求精；勇于探索，科学实践；坚定信仰，把一切献给党”的精神，谨记于心，发扬光大。在新时代的伟大征程中向前，向前，为实现中华民族的伟大复兴，奋斗，奋斗。

赵长安

2021 年 12 月 8 日

[附注]

本书主编赵长安，生于 1939 年，1964 年毕业于吉林大学，高级编辑，历任《工人日报》编委、中国工人出版社副总编辑，长期致力于吴运铎研究，著有《中国保尔——吴运铎》《吴运铎传》《奏响生命之歌》等多部吴运铎传记作品，编有《吴运铎文集》等。